A NUL AUTRE PAREIL

A nul autre pareil

LYNE DEBRUNIS

A NUL AUTRE PAREIL

A nul autre pareil

A nul autre pareil

MIXTE
Papier issu de sources responsables
Paper from responsible sources
FSC® C105338

A nul autre pareil

1

Concentrée sur son document, Albane posa son stylo en soufflant puis elle sourit en refermant l'épais cahier posé près de son ordinateur.
« Enfin terminé ! »
Elle a mis un point final à la retranscription informatisée de sa réflexion et à la dernière relecture de son texte, après trois ans de travail d'écriture, de corrections et de lectures critiques, afin d'employer le mot juste pour définir et préciser ses pensées, ses actions, ses sentiments et ses émotions. Elle a volontairement replongé en sanglotant souvent, dans la noirceur d'un puit qui semblait sans fond et qui à certains moments, l'appelait à en finir avec sa vie vidée de son sens depuis trois ans.
Ce travail de réflexion et d'écriture fût une épreuve et depuis, elle a mieux compris et ressenti dans ses chairs, la définition du mot lorsqu'il s'applique à un écrit.
Son travail est l'aboutissement de sa thérapie et elle se sent soulagée, libérée de ses attaches avec son passé. Elle a accouché dans la souffrance de ce document et en posant le point final, elle a trouvé

enfin une sorte d'apaisement. Elle a mis son passé derrière elle, au fil des pages, elle l'a peu à peu laissé s'éloigner d'elle. Sa thérapeute avait raison, ce long travail a été certes douloureux mais cathartique.
Peut-être s'accordera-t-elle maintenant le temps de respirer et parviendra-t-elle, sans doute pas à oublier, mais à écarter du centre de son existence ces dix jours de bonheur intense, jamais renouvelés ?
Depuis ces vacances-là, tellement de jours et de mois sont passés, privés de sens pour nombre d'entre eux, après les terribles pertes subies. Elle avait été ravagée au point d'aspirer à en finir avec cette vie, sans avoir jamais la force ou le courage du geste définitif et sans que rien n'émerge et vienne la bousculer ou simplement lui donner un souffle d'espérance.

En regardant la dernière phrase affichée sur son écran, elle eut soudain la sensation folle d'avoir été toutes ces dernières années, bizarrement anesthésiée, bien que son cœur ne soit qu'une plaie, pendant que le temps coulait autour d'elle. Elle eut l'impression qu'elle avait regardé sa vie comme une spectatrice passive aurait contemplé les ruines de son existence, manquant de l'impulsion nécessaire, de l'idée d'agir pour ne plus subir. Elle ne s'est peu à peu réveillée qu'en approchant du point final, à l'âge de trente ans avec l'immense chantier de sa vie à reconstruire.

Un peu assommée par l'idée des efforts à fournir pour y parvenir, elle ferma les yeux, but un peu de menthe à l'eau préparée dans un verre posé sur sa table et se revit pleine d'entrain, à pas tout à fait vingt et un ans, alors qu'elle venait d'obtenir son diplôme de professeur certifié malgré son jeune âge.
Pleine d'allégresse à l'idée d'avoir la charge de ses premières classes de lycée en septembre prochain tout en préparant l'agrégation, elle était partie randonner seule, le long des côtes bretonnes en compagnie de certains textes des dialogues socratiques de Platon, la littérature ancienne étant son domaine de prédilection.

En plus d'une année universitaire difficile bien que couronnée de succès, elle avait aussi à digérer un événement récent qui avait mis à mal sa perception d'elle-même.
Cette année, elle avait eu un petit ami pendant quelques mois, un étudiant attardé comme il le disait lui-même, plus âgé qu'elle de cinq ans. Il s'était récemment imposé sans tenir compte de ses réticences, en venant habiter chez elle pendant les

vacances de Pâques, quelques semaines avant la fin de l'année universitaire car prétendait-il, ses moyens ne lui permettaient pas de louer un appartement correct correspondant au standing dont il devait bénéficier à son âge. Elle avait compris qu'il cherchait son propre intérêt en habitant chez elle mais si elle avait vaguement protesté, elle ne s'était pas opposée de façon ferme à son installation. Elle le trouvait intéressant mais n'était pas amoureuse de lui, il lui permettait surtout de ne pas se sentir seule, ce qui faisait hurler son amie France. Elle comprend ses remarques cinglantes aujourd'hui. Quant à lui, s'il lui disait facilement qu'elle était belle ou « canon », il ne lui confiait jamais qu'il était attaché à elle et encore moins qu'il l'aimait.

Elle aurait bien sûr, dû se méfier de ses motivations à lui autant que des siennes mais si des sentiments forts n'étaient pas au rendez-vous, elle lui faisait pourtant confiance.

Surtout, elle se posait des questions sur l'Amour ; qu'est réellement ce sentiment romantique dont on parle tant ? N'est-il pas surfait, ne serait-il qu'un bel emballage pour qualifier l'attirance sexuelle entre deux individus qui, en sublimant une bonne entente quotidienne, rendrait plus acceptable le désir charnel ? Quant à l'amour paternel ou

maternel, serait-il davantage que le devoir à l'égard de ses rejetons ?
Elle qui n'avait pas reçu de témoignages d'amour de ses parents et avait été éduquée par une voisine-amie ne pouvait pas répondre à la question.

Il y a dix ans, fin juin, le jour des résultats au concours du Capes, elle ignorait que son petit ami avait été recalé à son examen pour la troisième fois lorsqu'elle avait été informée de sa propre réussite. Elle était rentrée chez elle très heureuse d'avoir été admise au concours, tandis que lui, déçu, frustré ou rendu jaloux, par l'annonce du succès de sa compagne, lui avait joué une scène d'une rare violence pendant laquelle elle avait fait connaissance avec ses poings de pugiliste entrainé. Elle en avait gardé quelques hématomes plusieurs semaines et un traumatisme affectif plus durable.

Agoni d'injures par France, venue à la rescousse et menacé d'un dépôt de plainte, il avait réalisé la portée de son emportement et avait eu le bon goût de claquer la porte de l'appartement emportant ses quelques affaires avec lui. Il avait disparu elle ne savait où, laissant derrière lui un vide sans grande consistance et aucun regret, démonstration s'il en était besoin, de sa grossière erreur.

A nul autre pareil

Cet épisode qui aurait pu être beaucoup plus dramatique lui fit prendre conscience qu'ils avaient en quelque sorte profité pendant quelques semaines du peu que l'autre avait à proposer et que tout ce qui est supposé rapprocher un couple en était exclu.
Plus douloureux pour elle fut de constater que France avait eu raison de condamner son attitude d'acceptation sans grande réflexion et son manque d'exigence.

Elle avait peu à peu repris figure humaine, pendant l'été, son visage avait dégonflé bien qu'encore légèrement tuméfié par endroit et ses côtes restaient sensibles mais les vraies blessures, invisibles à l'œil nu, étaient toujours bien présentes. Afin de faire la coupure et le point sur sa vie, elle était partie seule, sac au dos, randonner pour une petite quinzaine de jours fin août, le long de la côte bretonne, en quête de paix et de plus de sérénité.
Cette semaine-là, la deuxième moitié de son séjour, sentait déjà la fin de l'été et le temps n'était pas fameux, la température fraichissait et de gros orages étaient annoncés.
Arrivée la veille pour visiter un nouveau coin de la côte, elle quitta le matin, le gîte loué pour la dizaine de jours qu'elle avait prévu de passer sur cette portion de la côte. Malgré les nuages menaçants,

elle avait tout de même pris le risque d'affronter la pluie, après avoir enfilé son sac pour une longue balade. Elle marchait depuis une bonne heure quand, vers la fin de la matinée, poussée par le vent, aveuglée par les éclairs d'un violent orage, trempée par la pluie et ivre du bruit des vagues qui se fracassaient sur les rochers en contrebas du sentier et du grondement du tonnerre, elle l'avait rencontré. Il était apparu tout à coup au détour du chemin, dans cette atmosphère d'apocalypse un peu irréelle, en aussi mauvais état qu'elle, luttant sans protection contre les éléments déchaînés.

Lui, l'homme qui avait bouleversé durablement sa vie et ses sentiments.

Cette rencontre inattendue l'avait involontairement fait basculer en quelques mois dans le monde des adultes et coincée entre bonheur et désespoir, l'avait condamnée depuis dix ans à ne pas pouvoir l'oublier et à y penser au quotidien. Bien que disparu depuis dix ans, l'inconnu faisait toujours partie de sa vie, paré des nombreuses vertus fantasmées par l'absence.

Des larmes montèrent à ses yeux à ce souvenir quand la sonnette retentit et la tira brutalement de sa rêverie.

Devant la porte se tient son amie France joliment apprêtée d'une magnifique robe en soie vert herbe, une housse à vêtements sur le bras.

A nul autre pareil

- J'en étais sûre !... Ne me dis pas que tu avais oublié ! Je te rappelle que dans un peu plus d'une heure nous serons accueillies par mes adorables vieux patrons pour la réception donnée en l'honneur du nouveau DG de leur boite.
- Désolée, je viens de terminer de relire mon pensum et j'ai oublié l'heure. Redis-moi pourquoi je dois t'accompagner à ce pince-fesse ?
- Tu m'enquiquines ma chérie, je t'adore mais tu ne sors jamais et tu finiras vieille fille avec un chat pour toute compagnie, si tu continues ! Passe cette robe, met un peu de déo, du parfum et un peu d'eye-liner, donne un coup de brosse à ta crinière et allons-y, ça fera l'affaire, tu ne fais pas ton âge et tu es déjà très belle sans tout ce cache-misère ! Une fille de la com qui l'a aperçu ce matin, m'a appelé pour me dire que notre nouveau Directeur est jeune, canon et célibataire. Il risque de faire chavirer le cœur de bien des demoiselles, alors rêvons, pourquoi n'attirerais-tu pas son attention ? J'ai aussi l'intention de te présenter à Jeanne des RH en la suppliant d'accepter que tu leur envoies ton CV d'agrégée, de docteure et d'auteure. Je vais me débrouiller pour que chez nous, tu ne perdes pas ton talent parce qu'à la fac... J'arrête là, ouste, dépêche-toi !

A nul autre pareil

Plus d'une heure après, bien qu'agacée de savoir que son amie préférait ignorer ses penchants vestimentaires plus sobres, Albane se sentait un peu déguisée dans une robe aux reflets argentés, simple et sûrement élégante si France l'assurait mais qu'elle n'aurait jamais achetée. Pourquoi chercherait-elle à attirer l'attention ? Elle ne se sentait toujours pas disponible pour une amourette, encore moins pour une relation sérieuse. Certes, elle s'intéressait aux autres mais ses sentiments étaient encore « gelés ». Elle se sentait toujours coincée dans le temps d'avant et n'avançait pas, même si les années de thérapie lui avaient fait du bien…

Avec sa flamboyante amie, elle passa un moment plus tard, la porte de la salle de réception d'un grand hôtel parisien, bruissant d'activité et magnifiquement fleurie. Elle eut à peine le temps d'admirer les somptueux bouquets odorants judicieusement disposés et d'apprécier leur composition et leur parfum que France l'entraina fermement à la rencontre de ces centaines de personnes qu'elle ne connaissait pas et ne reverrait probablement jamais. Elle se laissa faire, amusée et malgré tout curieuse d'assister à cette manifestation un peu hors norme pour elle.

Son amie France, une grande rousse pulpeuse aux cheveux longs et bouclés, aux yeux verts et au teint d'Irlandaise, d'une élégance un peu provocante mais sans vulgarité, l'avait prise par le poignet et fonçait dans la foule sûre d'elle, vers un groupe qu'elle avait repéré. Voir cette remarquable jeune femme tirer par la main son amie, à la stature fine et délicate, une jolie brune aux cheveux longs, un peu éthérée, vêtue d'une robe argentée, était très surprenant pour les observateurs. France donnait l'impression qu'une walkyrie avait capturé une délicate fée à laquelle il manquait toutefois, une baguette magique.
La scène avait sa dose d'irréalité et interpelait.
- Madame Armand, monsieur, permettez-moi de vous présenter enfin Albane, mon amie d'enfance, ma sœur de cœur. Elle a, malgré son âge et le manque d'ampleur de ses épaules, un CV long comme le bras dont elle ne se vante jamais, c'est pourquoi je le signale pour elle…, en gros je la coache.
L'homme et la femme, d'un certain âge éclatèrent de rire attirant sur eux les regards des personnes alentours.
- France décidément, vous ne changerez pas ! Nous sommes honorés de vous rencontrer chère demoiselle et il faudra nous expliquer pourquoi vous laissez France parler pour vous.

- Oh, c'est simple, parce qu'on ne peut pas l'arrêter, parce qu'elle est pétrie d'amour et de bonnes intentions bien qu'elle agisse le plus souvent, comme un bulldozer sans pilote et parce que depuis la maternelle, contente d'elle et sûre d'avoir raison, elle ne fait que ce qu'elle a décidé, quoi que j'en pense. J'ai donc appris à choisir mes batailles !
Le couple éclata de rire à nouveau.
- Voilà un portrait très juste de notre petite fille adoptive.
- Ma mère s'est remariée discrètement et sans fiesta avec le fils de Monsieur et Madame Armand, murmura France, et nous venons de l'apprendre. Je ne connais plus familièrement mes nouveaux grands-parents que depuis deux jours et comme tu étais aux abonnés absents... je n'ai pas réussi à te prévenir avant.
- Oh, je suis si heureuse pour Anne ! La maman de France est formidable vous savez, elle m'a quasiment élevée et elle est pour moi une véritable référence, ajoute-t-elle en s'adressant au vieux couple.
- Nous connaissons un peu Anne qui est discrète mais notre fils nous a chargé de garder un œil sur sa pétulante belle fille pendant leur voyage de noces. Elle aurait l'art de s'attirer les ennuis bien

qu'elle soit très appréciée par les gens de son service.

- Oh non, les vrais ennuis seraient plutôt pour moi, mais armez-vous de patience et soyez prêts à tout, France n'est jamais à court d'idées loufoques mais comme sa maman, on ne peut que l'aimer, assure-t-elle des éclairs de joie dansant dans ses lumineux yeux bleus, un très beau sourire aux lèvres.

« Albane est très belle mais n'en fait pas grand cas ! » pensa la grand-mère. Le couple échangea un regard après avoir eu un aperçu d'Albane transfigurée par l'affection qu'elle porte à son amie d'enfance.

La jeune femme fut tout à coup un peu bousculée par un mouvement de foule qui l'écarta légèrement de ses interlocuteurs. Un groupe de messieurs en tenues de soirée, arrivé derrière Albane l'écarta doucement et se présenta au vieux couple en prenant la place des personnes qui composaient le groupe précédent.

Albane sourit et recula d'un pas de côté, tout en cherchant son amie du regard. Elle s'apprêtait à discrètement la rejoindre lorsqu'elle fut retenue avec délicatesse par une main masculine fermement posée sur son avant-bras.

A nul autre pareil

Elle fronça les sourcils, le toucher masculin provoquant en elle, une brutale chaleur bienfaitrice, comme si sa peau reconnaissait la main de l'inconnu. Elle se tourna pour apostropher celui qui la maintenait et resta muette de stupéfaction.

L'homme, très élégant en tenue de soirée, s'adressait aux grands-parents de France avec beaucoup de déférence tout en la retenant plus discrètement par l'arrière du coude. Ils échangeaient mais elle ne comprenait rien.
La musique et le brouhaha des conversations se transformaient en un bourdonnement infernal et se mêlaient dans sa tête qui se mit à tourner. Prise de vertiges, elle ressentait des difficultés à respirer. Le cœur serré, une désagréable moiteur glacée recouvrit brutalement sa peau avant qu'elle chancelle.
Heureusement, France l'arracha sans plus attendre à l'homme et la poussa brusquement devant elle, ce qui lui permit de reprendre ses esprits.

- Qu'avais-tu ? Tu étais en train de tourner de l'œil et l'autre bonhomme qui te retenait, un beau spécimen cela dit, mais il te connaissait ? C'était un professeur ? T'aurait-il dit quelque chose qui t'aurait effrayée ?
- Non... C'était un revenant après une disparition de dix ans, parvint-elle à murmurer.

- Quoi ? Ne me dis pas... le type sans nom de la randonnée bretonne ? Incroyable !... Viens boire un verre, tu te sentiras mieux après.
- Si tu le croisais, ne t'en mêle pas. Nous nous sommes séparés sans drame, c'était convenu, il ne s'était rien passé qui n'était pas consenti.
- Mais tu as été seule à gérer les conséquences de vos conneries, en plus du reste.
- C'était un risque et j'ai perdu. Il n'est pas responsable et puis surveille ton langage, on pourrait t'entendre ! termine-t-elle sentencieuse.
- C'est ton point de vue. Bois, c'est fort il y a des vitamines, un peu de rhum et des épices et ce punch va t'aider à surmonter le choc et puis, mange ces petits trucs afin d'éponger l'alcool... Allons par-là, si tes doigts sont propres, nous allons serrer des pinces, j'ai repéré la responsable des RH.
- France, ce n'est vraiment pas le lieu.
- De toutes façons, ton CV va transiter par les mains de papi et mamie et leur décision aura probablement force de loi, autant la prévenir.

C'est l'esprit confus et le cœur battant encore à folle allure qu'elle se laissa entrainer vers un groupe.
- Jeanne, permettez-moi de vous présenter mon amie Albane dont je vous ai déjà parlé, mes tout nouveaux grands-parents ont demandé son CV pour les relations publiques, préférez-vous attendre

qu'il redescende avec mille recommandations ou qu'elle vous l'envoie directement ?
-        Bonjour Albane, France est convaincue que vous seriez à votre place à ce poste délicat malgré votre âge. Envoyez-moi votre CV et je vous fixerai un rendez-vous. Notre nouveau DG aura sans doute son mot à dire car vous devrez le rencontrer souvent. On en reparlera Albane, merci France. Passez une bonne soirée.

Un échange de sourires après, Albane expliqua à France pourquoi elle n'enverrait pas son CV aux Ressources Humaines de l'entreprise et annonça fermement qu'elle n'avait rien à faire ici et qu'elle partait.
France fulmine mais connaissant Albane, elle n'est pas étonnée par sa presque fuite. Après tout ce qu'elle avait vécu et souffert, cette réaction lui parait normale et conforme à la personnalité de sa discrète amie, alors qu'elle, se connaissant, aurait volé dans les plumes de ce sale type, causant certainement un esclandre et provoquant la honte de ses grands-parents.
« Mais j'aurais eu raison ! » pensa-t-elle avant de suivre Albane qui la devançant, s'apprêtait à héler un taxi, puis après une courte discussion, elles décidèrent de rentrer ensemble au bercail.

Pendant ce temps, l'homme enfin libéré par ses employeurs, chercha la jeune femme partout avant d'admettre, dépité, qu'elle était partie bien qu'elle l'avait sans doute reconnu. Il est déçu, ne peut pas accepter de perdre à nouveau sa trace et après un soupir de frustration, il s'obligea à se mêler à ses futurs employés afin d'avoir un premier contact avec eux. Il est là pour son travail et ne doit pas l'oublier même si son cœur a failli flancher tout à l'heure, il avait été foudroyé en revoyant sa belle et inoubliable jeune femme sans nom.

Pour lui, la soirée s'étirait sans fin, semblable aux dizaines d'autres identiques qui avaient jalonné sa carrière mais au moins cette fois, il l'avait revue. Ils se trouvent dans la même région et respirent le même air, bientôt, il en est certain, ils se reverront et peut-être que tous les espoirs lui seront enfin permis !
« C'est fou, dix ans de recherches vaines viennent presque de trouver leur conclusion. »
Il en était presque sonné et c'est dans un état second, un peu euphorique qu'il attendit l'heure de pouvoir, sans être discourtois quitter cette assemblée conviée en son honneur.

Vers quinze heures le lendemain, sa frustration et son impatience étaient immenses. Ne tenant plus d'impatience, il téléphona à la résidence des Armand, le vieux couple propriétaire de l'entreprise dont il devra s'occuper et demanda à être reçu.

A seize heures trente, il fut introduit dans un salon confortable et intime où le vieux couple se tenait. Après quelques échanges d'amabilités, il en vint à exposer le motif de sa venue.

- Il y a dix ans, sur un chemin de randonnée breton sur lequel je cherchais des réponses existentielles, j'ai rencontré une jeune femme merveilleuse. Nous avons marché de concert et vécu une semaine fabuleuse, hors du temps et de toutes sortes de contingences, sans connaitre nos noms ni ce qui occupait nos existences. D'un commun accord, nous avions décidé que nos vies ne devaient pas interférer dans cette irréelle parenthèse. Sans son identité, je n'ai hélas, jamais pu la retrouver et pourtant il ne s'est pas passé une journée sans que j'essaye.

Hier soir, j'ai brièvement croisé à la soirée la jeune femme en question, mon cœur s'est emballé en reconnaissant son parfum avant même que je puisse voir ses traits. Je suis sûr de moi, je l'ai identifiée malgré les années passées, elle n'a pas changé et comme elle vous parlait, j'ai pensé que vous pourriez me donner son nom et peut être ses coordonnées.

A nul autre pareil

- Mon ami, hier nous avons rencontré beaucoup de monde, comment était cette jeune femme ? Vous n'ignorez pas que nous ne connaissons pas personnellement tous nos employés.
- C'était en tout début de soirée, elle riait avec vous juste avant que j'arrive, je l'ai reconnue et le souffle coupé, je l'ai prise par le bras l'empêchant de rejoindre une amie qui était revenue la chercher.
- Je ne vois pas, décrivez-moi son amie.
- Une grande et très belle jeune femme rousse, habillée de vert. Notre amie commune portait une robe argentée.
- Tout à fait, je sais bien qui sont ces jeunes femmes. Que lui voulez-vous ? Notre petite fille est très protectrice à l'égard de son amie.
- Je n'ai jamais pu l'oublier or dix ans sont passés. J'aimerais avoir de ses nouvelles, pouvoir lui parler, la retrouver.
- Hum… Je peux essayer d'en échanger avec France notre petite fille, son amie intime depuis l'école maternelle, elle décidera de ce qui pourra être organisé.
- Ah oui, France, c'est vrai, son amie, sa sœur de cœur. Elles ont grandi ensemble jusqu'à ce que leurs choix d'études supérieures les séparent. Elle m'en avait parlé avec beaucoup d'affection. Dites à France que je n'ai pas de mauvaises intentions,

cette rencontre et cette semaine bretonne m'ont marqué pour toujours, j'ai ri et je me suis amusé comme cela ne m'était jamais arrivé. Elle ignorait mon nom et ma vie comme je ne savais rien d'elle, c'était notre contrat, échanger sur tout sauf sur nous. J'ai ensuite beaucoup regretté de ne pas avoir assez d'indices pour la retrouver et elle m'a incroyablement manqué. Son souvenir m'a guidé pendant toutes ces années, comme un phare dans la nuit noire. J'ignorais que faire, mes pensées s'égaraient vers elle et j'étais éclairé, j'avais conservé l'impression qu'une sorte de lien ou de profonde connexion, ne s'était jamais interrompu.

-     Ce que vous dites est beau et empreint de romantisme. D'après France, son amie était susceptible de déposer son CV chez nous mais pour le moment, nous ne l'avons pas. Si elle vous a reconnu et a fui la soirée, parce que nous avons remarqué leur très rapide départ, il n'est plus certain qu'elle le fera maintenant qu'elle sait qui vous êtes ! Elle ne voudra sans doute pas que quelqu'un puisse imaginer une forme de népotisme. Nous vous préviendrons si nous en apprenons davantage mais cette jeune femme nous a beaucoup plu, elle a beaucoup d'humour et de la classe à revendre, elle est discrète et ne demande rien. D'après France, c'est aussi une brillante intellectuelle mais modeste, elle ne cherche pas à faire connaitre ses titres et ses diplômes en s'en vantant de quelque manière que ce soit. Il est certain que nous la reverrons avec beaucoup de plaisir, ce qui n'est pas le cas de toutes ses congénères qui ne craignent pas d'utiliser des moyens contestables pour se faire remarquer, vous devez connaitre le problème ! termine-t-elle en pinçant les lèvres.

- Je vous remercie de m'avertir si vous obtenez un moyen de la contacter.

Puis ils échangèrent à trois, un moment sur l'entreprise et il s'en alla, observé longuement par Madame Armand postée près de la baie vitrée.

« Il devait être amoureux d'Albane, ils se sont séparés après cette randonnée et il n'a pas réussi à la retrouver. France m'a dit qu'elle avait beaucoup souffert mais n'a pas été plus explicite. Dix ans c'est très long et il est précédé par une réputation de « moine », je comprends mieux, bien que dynamique dans son boulot, il est tourné vers son passé intime. A suivre. »

Sur le chemin du retour, Pierre s'interrogea :
« Ai-je le droit de la forcer à me rencontrer ? Elle est repartie avec son amie après que j'ai tenté de la retenir, qu'est-ce que cela pouvait signifier ? Et si j'étais seul à vivre de l'incroyable souvenir de cette semaine-là ?

A nul autre pareil

L'amie rousse s'appelle France, ce prénom n'est pas fréquent, la responsable des RH devrait pouvoir me renseigner. »

C'est un peu plus confiant qu'il rentra chez lui, dans ce superbe appartement trop grand, froid et impersonnel qui faisait partie de son salaire. Il ne lui ressemble pas aussi envisage-t-il de rapidement le quitter mais il veut parvenir à régler sa vieille affaire personnelle avant.

2

Le lendemain, en début d'après-midi Pierre convoqua Jeanne, la responsable des Ressources Humaines et fit le point sur les postes vacants. Pointilleux, il se révéla attentif et posa les bonnes questions à la chef de service.
A la fin de l'entretien, il devint plus hésitant lorsqu'il l'interrogea.
- Lors de la soirée, j'ai rencontré France la petite fille de nos principaux actionnaires. J'ai cru comprendre qu'elle travaillait ici.
- Oui, elle est juriste, c'est une avocate compétente et appréciée, très vive et souvent très amusante.
- Pouvez-vous me donner ses coordonnées téléphoniques ? J'ai quelque chose à lui soumettre.
- Nous avons d'autres avocats qui ont beaucoup plus d'expérience que France même si elle est douée dans son domaine.
- Je n'en doute pas mais c'est autre chose, cela concernerait l'amie avec laquelle elle assistait à la soirée.

- Albane ? La jeune femme qui l'accompagnait ? Elle est charmante et sans doute trop qualifiée car elle serait titulaire d'un doctorat. Je devrais recevoir son CV pour le poste de responsable des Relations Publiques.
- Bien, envoyez-le-moi dès que vous l'aurez réceptionné, France m'avait dit qu'elle cherchait du travail mais ne m'avait pas donné de détails, or j'ai déjà rencontré Albane. Il y a dix ans, elle venait d'obtenir son examen de certification en Lettres Classiques et était inscrite pour l'agrégation. Si je me souviens bien d'elle, parce que cette rencontre fut marquante, je ne connaissais pas son nom et n'avais pas réussi à la retrouver.
- Je verrai… je pourrais demander son nom à France lorsque je la rencontrerai si nous ne recevons pas le cv.
- Faisons comme cela, mais soyons discrets, j'attends de vos nouvelles.

Pierre resta songeur, le cœur plein d'espoir de revoir Albane. Elle porte un prénom qui lui va bien, chic sans prétention, rare, avec du caractère, comme il l'imaginait.
Il est enchanté, depuis quelques minutes il en sait plus sur sa belle et ce qu'il a appris lui plait. Un doctorat après l'agrégation, elle n'a pas perdu son temps. Pourquoi à quelques jours de la rentrée

universitaire n'enseignerait-elle plus, elle était enthousiaste, voulait faire connaitre les belles lettres et diffuser des savoirs auprès des plus jeunes lui paraissait important à l'époque. Il s'en souvient, ils avaient eu une vive discussion à propos de la transmission des valeurs entre les générations.

Il repoussa ses souvenirs et plus optimiste que le matin, il se replongea dans ses dossiers.

Quatre jours après, en se rendant au service juridique, il fut heurté dans le couloir, par une jeune femme qui marchait à reculons face à son interlocuteur et n'avait pas tenu compte du geste de l'homme qui riait face à elle.

Pierre la retint par les bras et lui conseilla en plaisantant de regarder devant elle afin d'éviter les accidents.

Elle leva la tête en souriant mais son visage se ferma aussitôt pendant qu'elle se raidissait puis sur une phrase d'excuses à peine intelligible, elle se dépêcha de disparaitre dans un bureau, laissant les deux hommes sidérés.

- Excusez ma collaboratrice, elle est jeune et très vive, cependant je ne comprends pas sa fuite, elle est plutôt du genre à faire face et ne craint pas de dire ce qu'elle pense, déclara l'avocat à Pierre.

- Aucune importance, il s'agissait bien de France Goupil, n'est-ce pas ?
- Oui, le récent mariage de l'héritier de la maison avec sa mère en a fait la petite fille des Armand qui sont très heureux d'élargir leur cercle.
- Elle est très vite repartie de la soirée et je n'avais pas pu lui être présenté mais ses grands-parents m'en avaient parlé ainsi que de son amie d'enfance.
- Ah, la belle Albane…, une perle rare, classe et discrète bien que sublime et d'une belle pointure intellectuelle. Nous la voyons de temps en temps, lorsqu'elle vient chercher France pour un déjeuner. C'est un tandem assez improbable, très agréable à fréquenter. Si Albane se décidait à candidater pour les RP, je pense qu'elle serait une belle représentante de l'image de notre société.
- Pourquoi hésiterait-elle si elle se sait soutenue ?
- Les juristes la connaissent un peu mais pas le reste de l'entreprise et elle tient beaucoup à la réputation de son amie France. Elle ne veut pas de commérages ou d'avoir à se battre contre de néfastes rumeurs. J'ignore si elle a dû faire face à ce type d'ambiance mais elle y est très attentive.
- Bien nous verrons, répondit Pierre tracassé par la réaction de France.

« Que sait-elle pour me fuir de cette façon ? Elle m'a reconnu j'en suis certain et en principe aurait dû se présenter. »

Songeur, il se rendit à son rendez-vous, une convocation de France à l'esprit puisqu'il a maintenant un motif pour la rencontrer.

En fin d'entretien, il informa le responsable du service qu'il attendait France dans son bureau le soir même à dix-sept heures trente. Le chef de service s'émut, assura que cette jeune avocate est très compétente et qu'elle ne faisait pas grand cas de sa proximité familiale avec les Armand, car évidemment, le service avait appris que le PDG était devenu son beau-père. Pourtant, pour elle, cette alliance ne constitue pas un sujet de discussion.
-       Bien, mais je tiens à la rencontrer le plus vite possible, ce soir même.

Dès qu'elle en fut prévenue, si elle ne laissa rien paraitre et porta un masque, France s'interrogea et sa colère, en couveuse depuis dix ans, gronda en s'éveillant.
« Parviendrai-je à me calmer et à ne pas la laisser transparaitre ? Arriverai-je à taire cette rancœur qui m'empoisonne depuis tant d'années ?

A nul autre pareil

L'après-midi est bien entamé et Pierre n'arrive pas à avancer sur ses dossiers, préoccupé par son dernier rendez-vous. Il avait grossièrement préparé son entretien mais il s'interrogeait sur les deux départs précipités auxquels il avait assisté.
« Que signifient ces dérobades ? Que me reprocheraient France et peut-être Albane ? »

Enfin, son assistante annonça la jeune femme qui pénétra dans le bureau d'un pas assuré.
-   Monsieur, vous m'avez convoquée.
-   Bonjour mademoiselle, permettez-moi de vous appeler France, c'est sous votre prénom que je vous connais depuis dix ans et que je vous associe à Albane.
-   Pardon ? Vous connaissez le prénom de mon amie ? s'exclame-t-elle surprise et décontenancée, en sursautant.
-   Venez vous assoir ici, ce sera plus confortable pour discuter. Proposa-t-il en montrant du geste les trois fauteuils installés autour d'une table basse en verre, près de la baie vitrée.
Voulez-vous boire quelque chose ?
-   Non, merci. J'aimerais comprendre...
-   Je vais tout vous expliquer. Depuis samedi dernier, j'ai posé quelques questions et j'ai

découvert le prénom d'Albane et qu'elle a obtenu le titre de docteur…

C'est très peu après dix ans de recherches désespérantes. Elle m'avait beaucoup parlé de vous et je suis heureux de savoir que vous êtes toujours liées. J'aimerais recontacter Albane, elle m'a beaucoup manqué et je ne l'ai jamais oubliée, pas un seul jour n'est passé sans que je pense à elle.

- Ne me racontez pas d'histoires ! Je suis moins crédule que mon amie et j'ignore si c'est votre mode de drague mais franchement « au revoir et merci », partir sans un mot en se lavant les mains des conséquences possibles, c'était minable, même si l'anonymat était votre accord.

- Conséquences possibles ? Quelles conséquences ?

- Oh, imaginez une cascade de catastrophes, elle les a toutes vécues et elle a bien failli rendre les armes et en mourir. Elle va mieux depuis trois ans mais reste encore fragile et de vous avoir croisé l'autre soir l'a secouée. La fuite était pour elle, la seule attitude possible. Je ne vous donnerai donc aucune information et par solidarité, bien qu'elle se soit opposée à ma décision lorsque je lui en ai parlé, je vous remets ma démission. Mes grands-parents comprendront.

A nul autre pareil

- Vous n'avez pas à faire cela, je vous promets que je ne n'interviendrai pas dans vos affaires.
- Non merci. Je préfère choisir les gens pour lesquels je travaille et depuis dix ans, je vous ai virtuellement tordu le cou des millions de fois. Aujourd'hui, remerciez le ciel que je sois plus âgée et moins spontanée.
- France, dites-moi comment je pourrais la joindre. J'en ai besoin.
- « J'en ai besoin » ! Vous entendez-vous parler ? Vous et encore vous et vous ne vous demandez pas si elle a envie de vous voir ? Seigneur, il y a des gars tordus mais un égocentrisme pareil, ça ne devrait pas exister ! s'exclame-t-elle.

Il aurait presque souri des excès verbaux de France mais il se rend compte qu'elle est sincère et en colère et ne comprend pas pourquoi.
Il se leva, arpenta le bureau, s'approcha de la baie vitrée et les mains dans les poches de son pantalon, presque désespéré, contempla le vide pendant un long moment de réflexion silencieuse, sous l'œil observateur, critique et encore pétillant de colère de France.

Enfin, il se retourna et regarda la jeune femme.

A nul autre pareil

- France, dites-moi pourquoi vous manifestez autant de colère. Albane et moi nous sommes rencontrés sur un chemin de randonnée, avant d'atteindre l'étape prévue, un orage a éclaté et dégoulinants d'eau, ivres de bruit et chahutés par les bourrasques, nous sommes retournés chez le particulier qui lui louait une maisonnette située dans son jardin, destinée à ses petits-enfants de passage. Nous sommes restés dix jours chez ces personnes qui préparaient nos repas, dix jours de pur bonheur pour une éternité d'espérance et de déceptions.
Lorsque nous avons dû nous quitter, je n'avais rien sur moi, pas de papier d'identité et pas d'argent, restés dans ma voiture. C'est Albane qui a pris en charge ce séjour, en plus nous ne connaissions pas nos noms ni nos prénoms pas plus que nos métiers, je savais juste qu'elle était encore étudiante en lettres et qu'elle venait d'être reçue au concours du capes bien que très jeune. Nous nous sommes séparés à la grille du jardin repartant chacun en sens contraire afin de rejoindre nos véhicules et nos vies. A mi-chemin, un fort sentiment de perte a fini par m'étouffer et le besoin de la retrouver pour qu'elle me donne au moins son numéro de téléphone, était tellement fort que j'ai fait demi-tour en courant pour l'apercevoir quitter le parking lorsque je suis arrivé.

J'ai alors pleuré comme un enfant de l'avoir perdue. Sans l'avoir anticipé, j'ai pris conscience à ce moment-là que j'étais amputé de quelque chose d'important, de presque vital et quelques semaines après, n'en pouvant plus, j'ai commencé à la chercher, sans relâche et sans aucun succès. J'ai détesté notre idiotie de vouloir vivre une aventure hors du temps, libres de toute entrave, dans un total anonymat.

Aujourd'hui, je suis tellement heureux de connaitre enfin son prénom, ce qui n'est pas grand-chose me direz-vous et mon désir le plus fort est de la retrouver.

- Pourquoi faire ? Elle a versé des litres de larmes depuis cette histoire, car ses ennuis ont commencé quelques semaines après vos « vacances hors du temps ». Son calvaire, assumé avec joie, a duré sept longues années et le reste de la décennie s'est passé à rebâtir ce qui avait été perdu pendant ces années. Je ne veux pas qu'elle retombe dans cet effroyable épisode.

- Soyez plus précise, de quoi parlez-vous ?

- Je ne peux pas vous le dire, cette histoire ne m'appartient pas. Ecoutez, je vais essayer de lui parler de vous, de cette conversation et elle décidera.

- Merci France, j'attendrai impatiemment que vous me recontactiez. Voilà mon numéro personnel, vous pouvez le donner à Albane si elle préfère me contacter de cette façon. Je ne veux vraiment que le meilleur pour elle, enfin pour être juste, pour nous deux et merci d'avoir veillé sur elle. N'hésitez pas à m'appeler si vous avez besoin de quelque chose et j'aimerais vraiment que vous reveniez sur votre idée de démission. Dans notre situation peu ordinaire, Albane comme moi avons besoin d'amis sincères qui n'hésitent pas à mettre des mots sur ce qu'ils voient ou ressentent, même si leurs propos piquent un peu.

France repartit directement chez elle, songeuse :
« Les événements vécus par Albane auraient-ils pu être évités ?
Quelle blague le destin leur avait-il joué ou est-ce qu'un petit diable, jaloux de leur bonheur s'était débrouillé pour leur faire payer ces quelques jours heureux emplis d'insouciance ?
Pierre avait l'air sincère et paraissait vraiment chamboulé par notre réaction d'évitement au cours de la soirée d'intronisation.
Cet homme aux traits harmonieux, grand, élégant et cultivé est vraiment beau. Je comprends qu'affamée de tendresse comme l'était Albane à vingt ans, elle ait pu être attirée et subjuguée par un quelqu'un de cet acabit, cent pour cent disponible

A nul autre pareil

pour elle et qu'elle l'ait gardé en tête et probablement dans un coin de son cœur. »

3

Quelques jours passèrent. L'impatience de Pierre grandissait mais il avait promis à France de ne pas insister et de la laisser agir auprès d'Albane.

Le vendredi soir, il déprimait un peu chez lui, dans son bureau, n'arrivant plus à s'intéresser à ses dossiers, la tête occupée par le passé envahissant. Dehors, le ciel est bas, gris et menaçant et il le ramenait dix ans en arrière. De toutes ses forces, il repoussait les vagues de souvenirs du bonheur vécu quand son téléphone portable sonna et le tira de son égarement nostalgique.
- Pierre, madame Armand à l'appareil. Comment allez-vous ? J'espère que vous serez disponible demain après-midi, je n'ai pas oublié votre demande et nous aurons le plaisir de recevoir notre fils et son épouse ainsi que France et son amie Albane pour le goûter vers seize heures trente.

A nul autre pareil

- Merci madame, je viendrais volontiers mais vous devriez vous assurer que France soit d'accord avec votre projet. Je ne voudrais pas que ma venue provoque un incident ou gâche vos retrouvailles. En plus, je recevrai pour quelques jours un vieil ami de passage en France que je ne pourrai décemment pas laisser seul.
- J'ai déjà posé la question à France. Elle a répondu que ce serait un bon moyen « *de leur mettre le nez dans le cambouis.* » J'ignore à quoi cette chère enfant faisait allusion mais j'en avais conclu que vous ne devriez pas négliger de venir protégé. Quant à votre ami, il pourrait occuper France et vous laisser le champ libre quelques instants afin d'établir le contact que vous espériez.
- C'est parfait, merci infiniment chère madame.

En raccrochant, il s'amuse de la finesse de Madame Armand qui a trouvé une bonne occasion pour provoquer une rencontre.

Il est ému et impatient de revoir son inoubliable Albane, la seule femme qui depuis ses vingt-cinq ans, a réussi à faire chanter et vibrer son cœur et lui a laissé un impérissable souvenir.

Plus confiant, malgré le décalage horaire, il appela Marc, son ami et son confident depuis les années de lycée, malgré leurs centres d'intérêts différents.

Il lui confirma qu'il l'attendrait le lendemain en fin de matinée à l'aéroport.

Pendant la soirée, France s'efforça de préparer Albane à la rencontre à laquelle elle voudrait échapper.
- Albane, il faut en finir, il te cherche depuis dix ans, d'après ce qu'il dit. Vous avez besoin de parler de ce qui est arrivé et peut être de pleurer ensemble pour pouvoir fermer une porte et éventuellement en ouvrir une autre. Il m'a semblé touché, malheureux et sincère. Je pense que tu dois te montrer forte et l'écouter, tu prendras ensuite une décision en possession de tous les éléments. Viens chez les Armand, vous serez obligés de bien vous tenir même si la possibilité de vous prendre la tête en aparté sera possible. Je te promets de rentrer au moindre de tes signes d'alerte. Madame Armand comprendra. Je lui ai déjà dit que tu étais fatiguée par un rhume.
- Sans doute as-tu raison. Il faut en finir, je dois parvenir à tourner cette page si je veux avancer dans ma vie.

France fut surprise par la détermination manifestée par son amie, au moins dans les mots et se sentit soulagée, elle a atteint son objectif et espère qu'ils sauront se conduire en adultes responsables bien qu'un fond d'inquiétude persista dans son esprit.

Le lendemain, il fait très beau et la température est élevée pour ce jour de mi-septembre. Ce n'est pas sans appréhension que France conduisit son amie chez les Armand. Sa mère, Anne était déjà là, rayonnante auprès de Patrick, son nouvel époux très souriant lui aussi. Ils s'étaient rencontrés quelques années auparavant mais ils avaient conservé des vies séparées en attendant que France ait pris son envol, pour prendre cette irrévocable décision d'unir leurs existences et le mariage semblait leur réussir.
Les affectueuses embrassades furent distribuées de manière généreuse et égalitaire.
- Alors Albane, viendras-tu grossir les rangs de la compagnie Armand ? Je serais partant pour te voir faire la promotion de notre boite, demanda Patrick, le fils Armand, PDG de l'entreprise.
- Puisses-tu dire vrai, je voterais pour elle, s'écria la grand-mère.
- Je crains que non, répondit l'intéressée très calme, semant la consternation chez la plupart de ses interlocuteurs, sauf madame Armand qui réagit de façon très diplomatique.
- Mon petit, sans avoir pris connaissance des conditions de la fiche de poste, voilà une décision

qui me parait prématurée et arbitraire. Bon, « reset » comme vous dites, nous n'avons rien entendu, ce qui vous permettra de changer d'avis après un peu plus de recul et de réflexion. Nous attendons Pierre notre nouveau Directeur Général et un de ses amis de passage à Paris qui ont accepté de se joindre à nous pour un petit moment car l'ami semble très pris par ses rendez-vous.

Peu après, Pierre arriva accompagné par un homme bien plus grand et musclé que lui, dont les traits rappelèrent vaguement quelqu'un à France sans qu'elle puisse se souvenir de son nom ou de sa fonction.
Pierre salua les parents et présenta Marc :
-       Peut-être reconnaitrez-vous Marc mais il est en France incognito ; d'arriver à tromper les paparazzi lui permet de se reposer.
-       Je ne crois pas qu'ici quelqu'un ait une idée de votre identité, vous pouvez donc profiter de votre anonymat, quoique ce ne soit pas toujours intelligent d'y avoir recours. Nous sommes plusieurs à en avoir fait l'expérience, déclara France avec une dose de sarcasme.
-       France, par pitié tais-toi, murmura Albane mais tout le monde l'entendit.

A nul autre pareil

Les deux hommes se regardèrent échangeant sans parler et se dirigèrent vers les deux jeunes femmes.
- Bienvenue ailleurs que chez moi, je suis France, dit-elle en souriant à Marc qui se tourna ensuite vers son amie.
- Et vous êtes la fée Albane, celle qui disparait sans laisser de trace et réapparait parait-il, plus belle que jamais dix ans après… Je crois voir ce qui a retenu mon ami et l'a rendu imperméable aux charmes des autres femmes toutes ces années.
- Marc, gronda Pierre, ce qui déclencha un petit rire insolent de France et une vive rougeur sur les joues d'Albane.
- France, Albane pourriez-vous servir s'il vous plait ? Où demeurez-vous Marc ?
- Pour le moment, madame, depuis six ans, je sévissais aux Etats-Unis mais j'envisage de revenir à Paris en fin d'année pour une reconversion.
- Oh ! et dans quel domaine cette reconversion ?
- Le marketing sportif, répondit-il en souriant, satisfait de ne pas être reconnu, ce qui est rare, tout en se sentant un peu griffé dans son amour propre de ne pas l'être. Il est tout de même à l'affiche mondiale !
- Donc vous seriez un sportif… déclara France les sourcils froncés, arrêtée la théière à la main.

- Un de tout premier plan, votre culture aurait-elle des failles, France ? demanda Pierre en se moquant gentiment d'elle.
- On ne peut pas être incollable sur tout et lorsque j'ai été embauchée, il n'y avait pas de question sur le sport ! Heureusement, parce qu'à part Florent Manaudou ou Paul-Henri Matthieu... mais je ne fantasme plus, ils seraient déjà « en mains » d'après les journalistes ! ajoute-t-elle la mine et le ton fatalistes en reprenant son service l'air dépitée.

Les parents rirent et les deux hommes échangèrent un regard amusé et complice. Albane resta silencieuse mais ses yeux pétillaient de gaité. Elle sait ce que valent les galéjades de son amie.

Pierre se rapprocha d'Albane et lui glissa en murmurant :
- J'ai besoin de te parler. Quand pourrions-nous nous voir ?
- Demain, dimanche à quatorze heures à ton bureau, ce serait possible ?
- Tu préfères mon bureau ? répond-il surpris.
- Oui, un lieu neutre.
- D'accord demain, puis il s'écarta en la voyant se tourner sans plus de cérémonies vers France qui discutait avec Marc de manière animée et joyeuse.

A nul autre pareil

Il a une boule à l'estomac et se sent déçu par l'accueil qu'Albane lui a réservé.
Il écoute vaguement et ne participe que peu aux discussions qui se tiennent.
« Elle ne veut pas de moi et c'est dur à admettre ! Elle était mon obsession ! Je l'ai cherchée dix ans, je pensais avoir mis le doigt sur quelque chose d'exceptionnel, un lien presque spirituel mais j'ai dû me leurrer tout ce temps. ». Les larmes montèrent à ses yeux qui devinrent brillants sous le regard inquiet de Marc qui avait remarqué son ami manifester son accablement par son attitude et son regard embué.
-       Pierre, tu vas devoir me raccompagner, j'ai un rendez-vous tu ne l'aurais pas oublié ?
« Marc qui a tout suivi, me tire d'affaire, nous devons partir avant que je me ridiculise. »
-       Non, Madame Armand excusez-nous mais Marc a un rendez-vous avec un éventuel employeur qui le sponsorise pour le moment. Merci pour ce délicieux moment.
Après quelques échanges de rapides civilités, les deux hommes repartirent. Ils sont restés juste assez de temps pour ne pas être considérés comme impolis.

Lorsqu'ils furent enfin dans la voiture, à l'abri des regards, Pierre se laissa aller à son effondrement intérieur, la tête posée sur l'appui-tête et les yeux fermés.

- Dis-donc mon vieux, un moment tu es devenu tout blanc et j'ai cru que tu tournais de l'œil ou que tu te mettais à chialer. Que s'est-il passé ?
- Rien, j'ai demandé un rendez-vous à Albane et elle m'a dit « OK, demain à ton bureau, un lieu neutre ». Elle ne veut pas de moi mais que lui ai-je fait pour qu'elle me repousse aussi fort, qu'elle ait besoin d'être protégée par France qui a évoqué dix ans de catastrophe dont la semaine en Bretagne serait le déclencheur. Je tremble à l'idée de ce dont je serais responsable sans le savoir.
- Quand avez-vous rendez-vous ?
- Demain à quatorze heures.
- Je viendrai avec France pour vous soutenir si ça se passait mal... Nous attendrons dans le bureau mitoyen du tien. Essayez de ne pas vous entretuer.
- Franchement je ne vois pas pourquoi mais j'ai hâte d'y être autant que j'appréhende ce moment.

Les deux jeunes femmes échangèrent sur ce rendez-vous et France proposa d'accompagner Albane et de l'attendre dans un bureau, tout près. Peu sûre d'elle et de l'état émotionnel dans lequel elle se retrouvera après cette nécessaire discussion, Albane accepta le soutien de son amie.

Puis France aborda le sujet Marc qu'elle n'avait pas reconnu et dont elle ne connaissait toujours pas le nom.
- J'ai cru comprendre qu'il était un sportif aux Etats Unis. On élimine le foot et je crois le rugby, restent le basket, le baseball ou le hockey et je ne connais pas de basketteur, hockeyeur ou qui que ce soit d'autre de quelque nationalité qu'ils soient.
- Pose-lui la question si vous devez vous revoir, j'ai eu l'impression que le courant passait entre vous.
- Oui, comme son ami Pierre, il a trente-cinq ans et il doit arriver en fin de carrière sportive s'il envisage une reconversion. Physiquement il est diablement bien fichu et pour une fois, il est plus grand que moi, alors c'est sûr qu'il m'attire mais je ne le connais pas et je n'ai pas l'intention de me lancer dans une liaison virtuelle. Moi, j'ai besoin de chaleur humaine et de vrais câlins.
- Si vous êtes attirés l'un par l'autre vous vous arrangerez pour vous retrouver. Vous verrez bien. Cette tension m'épuise mais elle me dope en même temps. Qu'est-ce que Pierre peut avoir à me dire ? J'ai hâte que ce soit terminé !

A nul autre pareil

- Pour faire quoi ? Retourner ensuite à ta grisaille et à ton chat ?
- Je n'ai pas de chat et ma vie est calme, elle n'est pas grise.
- Tu ne fais rien, tu attends, tu vivotes avec les quelques heures de cours sans intérêt qui te sont consentis. Après avoir refusé de coucher avec le « vieux schnock » qui te collait, la fac t'a étouffée et tu t'es laissé faire sans réagir ! Viens chez Armand, au moins, tu seras respectée et tu feras des trucs intéressants pour lesquels tu seras contente de te lever le matin et aussi parce que tu seras rémunérée à ta juste valeur, autrement qu'avec un lance-pierre.
- Je ne pourrai pas croiser Pierre tous les jours ou presque, ce serait intenable.
- Alors faites en sorte de vous supporter, vous n'êtes plus des ados mais des adultes entre trente et quarante ans. Vos hormones ne devraient plus être en folie comme il y a dix ans.
- Je verrai demain mais j'ai vraiment peur.
- Ne te laisse pas dominer par la crainte de tout et de rien. Pierre n'exigera rien de toi, il veut te fournir des explications à son comportement aujourd'hui. Sois positive, tu t'es déjà sortie de bien des situations compliquées !
- Je sais et je ne veux pas replonger mais je me sens menacée, même si c'est irrationnel.

A nul autre pareil

- Demain, je serai là, tout près, écoute ce qu'il espère pouvoir te dire, il semble avoir lui aussi beaucoup souffert de ne pas parvenir à te retrouver. Dors et prend une pilule magique si tu sens que Morphée ne te prendra pas dans ses bras cette nuit.
- J'ai trop souvent eu recours à ces pilules pour continuer à les prendre, mais je vais rentrer et me coucher tôt, promis. Merci pour ton soutien, dit-elle en l'embrassant avant d'ouvrir la portière.

Chez elle, elle tourna, agitée, insatisfaite, elle rangea ce qui n'avait pas besoin de l'être, regarda un moment la télévision sans s'y intéresser, puis pris un livre en avalant un mini sandwich sans faim et finit par se coucher.
Etonnamment, elle s'endormit d'un sommeil calme et dépourvu de rêve jusqu'au lendemain sept heures, réveillée par la sonnerie de son réveil.

4

Comme tous les matins, la première pensée d'Albane fut pour Pierrick puis elle pensa à ses parents et au programme de la journée qui s'annonce.
Elle se leva et avala un consistant petit déjeuner. Elle savait qu'à midi, son état émotionnel l'empêcherait de pouvoir le faire, sans doute trop stressée pour manger quelque chose de consistant.
Elle prit sa douche et lava ses longs cheveux.
Puis en robe de chambre, elle rangea sa chambre lissant les draps et le couvre lit tout en écoutant le concerto pour flute et harpe de Mozart. Elle sait qu'elle cherche à gagner du temps pour éviter de penser et s'angoisser.

Ses menus travaux effectués, elle se sentit étonnamment bien et se prépara lentement pour son rendez-vous, enfila une jolie robe droite bleue et se maquilla de façon légère à son habitude.
« Il fait encore beau en ce début d'automne et la journée promet d'être radieuse. » se dit-elle

espérant être dans le même état d'esprit après son rendez-vous.

A onze heures, elle rejoignit France qu'elle trouva étonnamment surexcitée. Elles se rendirent dans un bistrot, Albane n'avait pas faim mais commanda un café au lait qu'elle sirota pendant que son amie martyrisait un croque-monsieur.

- Que se passe-t-il France ? Tu es aussi agitée qu'une puce affamée.
- Non, j'ai aimé discuter avec Marc hier, il m'a envoyé un texto ce matin pour me dire qu'il était impatient de me voir. Il me plait alors que je ne le connais pas et si je me plantais et trouvais un cœur noir sous cette magnifique carcasse ?
- D'habitude, c'est toi qui tempères mes inquiétudes, que veux-tu qu'il t'arrive ? Il ne va pas te sauter dessus au bureau, alors tu auras le temps de réfléchir et puis s'il doit bientôt repartir, restez au stade des préliminaires, vous aurez le temps de constater si votre attirance persiste malgré la séparation. Vos hormones ne sont plus en folie, c'est bien ce que tu m'as dit hier !
- Pff ... l'effet miroir ! Méchante sorcière je savais que tu n'étais pas sympa, dis-moi pourquoi je t'aime ?
- Que veux-tu que je te dise, nous n'avons pas le même style mais nous nous aimons et

réagissons de la même manière, nous devons avoir des liens génétiques, ma sœur.
- Tu as raison, je vais creuser du côté de chez toi. Peut-être trouverons nous des liens dans le monde des fées et des sorcières normandes. Bon ma belle ce petit délire doit prendre fin, nous avons juste le temps d'un petit café avant d'y aller.
- Merci, pas pour moi, je ne tiens pas à m'effondrer devant Pierre. Il a insisté pour que je l'écoute et je veux y parvenir jusqu'au bout.

Un quart d'heure après, le vigile de l'accueil prenait leurs coordonnées et appelait le bureau du Directeur Général. Pierre répondit et demanda que les deux jeunes femmes montent jusqu'à son bureau où elles sont attendues.

Pierre et Marc se tenaient devant l'ascenseur, Marc après un signe de tête à Albane entraina France vers un bureau voisin pendant qu'Albane le cœur battant la chamade, suivait Pierre dans son antre. Elle inspira longuement lorsqu'elle entendit la porte se refermer derrière eux, priant pour ne pas s'effondrer et se ridiculiser.

Ils sont seuls pour la première fois depuis dix ans, elle ne craint pas Pierre mais elle est très émue de le sentir si près d'elle.

A nul autre pareil

Des sensations oubliées remontèrent à son esprit dont elle s'efforça d'amoindrir les effets en respirant et en observant son environnement.

Elle sent son cœur battre à folle allure pendant que son regard parcourt le lieu de travail de Pierre.

Le bureau est magnifique tout lambrissé de bois exotique un peu rouge. Il donne une impression de sérieux et de confort. Sur un pan de mur, des rayonnages de bibliothèque déjà enrichis de quelques livres, attendent des objets à exposer. Près d'une baie vitrée, donnant sur la rue, trois fauteuils sont installés autour d'une table basse et enfin un grand bureau chargé de dossiers trône devant deux fauteuils. Face à elle, derrière le bureau, une peinture moderne dont elle ne connait pas l'auteur est exposée. Elle grimace,

« Les couleurs sont belles mais quelques traits de pinceaux de couleurs vives embrouillés et jetés sur une toile blanche, est-ce de l'art ? » se demanda-t-elle.

- Ma toile abstraite ne te plait pas ? Pourtant des gens très sérieux s'extasient sur ce truc acheté cinquante euros dans un supermarché, persuadés qu'il s'agit d'une œuvre d'art inestimable. Tu ne t'es pas laissé prendre.

- Je ne connais pas grand-chose à l'art contemporain mais vraiment cette toile n'est pas au niveau du reste du décor. Je suis sûre que je pourrais en faire autant ! Elle me fait penser à ce groupe de peintres dont il me semble que Picasso faisait partie vers les années 1910. Pour se moquer de leurs admirateurs, il avait exposé une œuvre peinte par la queue d'un âne. C'est du même tonneau mais tu n'es pas un artiste toi-même.

-	Non, je ne peins pas mais j'aime l'impressionnisme et je ne suis pas très sensible au moderne. Le très versaillais « vagin de la reine » ou le « Tree », le genre de plug de la place Vendôme, me laissent parfaitement indifférents. Tant pis pour les gogos qui s'y laissent prendre.

Albane sourit en accord avec lui, elle retrouve le Pierre qu'elle avait connu, gentiment provocateur, capable de se moquer sans en avoir l'air, de ses visiteurs extasiés devant cette croûte sans valeur artistique. Elle le suit vers le coin de la table basse et des trois fauteuils.

-	Albane, dit-il après un silence, j'ai voulu te voir pour te dire combien tu m'avais manqué ces dix dernières années. Je sais que cela peut paraitre fou mais lorsque nous nous sommes quittés, nous sommes partis heureux de ce temps passé ensemble en ignorant qui était l'autre comme nous l'avions convenu. Seuls nos cœurs, nos têtes et nos sens étaient pleins de souvenirs et repus.

A nul autre pareil

Je marchais pour retrouver ma voiture mais j'avais l'impression que quelque chose me retenait près de toi. Au bout d'un moment n'y tenant plus, j'ai fait demi-tour et j'ai couru comme un dératé pour arriver sur le parking où tu m'avais dit avoir garé ta voiture pour t'apercevoir t'éloigner. Le ciel m'est alors tombé sur la tête car je n'avais aucun indice pour te retrouver. Je t'ai cherché pendant tout ce temps mais je ne connaissais même pas ton prénom. J'ai désespéré et je me suis installé dans un obsessionnel état de veille permanente, n'en croyant pas mes yeux lorsque je t'ai vu rire avec madame Armand à la réception, le soir de mon arrivée.
J'ai été très choqué par ton rapide départ de la soirée et depuis, je suis peiné par l'hostilité que tu manifeste à mon égard. J'aimerais la comprendre ! Nous avions pris une décision, certainement idiote, qui m'a rendu très malheureux mais dis-moi pourquoi tu sembles tellement m'en vouloir.
-       Ce n'est pas à toi en tant que personne, que je réagis, tu peux en être certain, c'est l'enchaînement des événements qui ont suivi qui m'a affecté et me touche toujours plus qu'il faudrait. Comment te relater simplement tout cela sans que tu te sentes responsable car de manière objective, tu n'y es absolument pour rien.

A nul autre pareil

Elle le regarda s'assoir. Il porte un jean bien coupé et une chemise dont les manches sont roulées sur ses avant-bras, le style chic et décontracté lui va bien. Il est toujours aussi séduisant et ses traits sont à peine plus mûrs, même si de petites rides fines marquent le coin externe de ses yeux.
« Il est si bel homme, comment a-t-il pu ne pas passer à autre chose ? Faut-il le croire ?»

Pierre est grave, toute son attention est centrée sur elle. Albane remarqua que son regard bleu avait foncé sous la tension du moment, jusqu'à devenir marine comme autrefois sous l'effet de la passion, puis afin de ne pas trop se laisser distraire, elle détourna les yeux pour observer ses mains croisées devant elle. Elle chercha à puiser en elle le courage nécessaire pour son récit. Elle reprit à mi-voix :
-       J'avais à peine dix-sept ans lorsque j'ai obtenu mon bac avec mention très bien et je suis rentrée en faculté de lettres avec une dérogation. Trois ans après, avant de partir en Bretagne et de t'y rencontrer, j'avais vécu un trimestre avec un étudiant de sept ou huit ans plus âgés que je l'étais. Il tentait le Capes pour la troisième fois tout en donnant quelques heures de cours par mois en remplacement d'enseignants. Il venait d'apprendre son nouvel échec lorsque je suis arrivée chez moi,

A nul autre pareil

fière et heureuse parce que j'avais été très bien reçue et que j'étais admise pour préparer l'agrégation. Sa frustration et sa colère étaient immenses. Il était vraiment ulcéré par son échec et n'a pas maîtrisé sa fureur ni ses poings et pour se défouler, il m'a pris pour cible. France s'est occupée de moi à ma sortie d'hôpital et il avait eu le bon goût de quitter mon appartement lorsque j'ai eu besoin de le réintégrer.
Pierre est tendu mais il reste silencieux, les mâchoires serrées.
-       Pour me changer les idées, en fin d'été, lorsque les hématomes eurent presque disparu, je suis partie pour un peu plus de deux semaines randonner en Bretagne. Avant la rentrée, j'avais besoin de faire le vide dans ma tête et de voir autre chose que la ville et le théâtre des violences subies. J'ai été très heureuse de te rencontrer parce que tu as su réparer mon égo démoli. Après ces quelques semaines de cohabitation et mes vingt ans à peine, malgré ses propos haineux et destructeurs, j'avais été capable de te plaire et pendant cette belle semaine passée ensemble, je suis devenue plus dépendante de l'affection que tu me témoignais que je l'avais imaginé.
Cette séparation fut très dure parce que tu restais très présent dans mon souvenir, d'autant plus difficile que quelques mois après, malade j'ai dû

consulter un médecin pendant les vacances de Noël. Après un test, il m'a déclarée enceinte de quatre mois. La surprise passée, je me suis trouvée au fond de moi très heureuse, tu m'avais offert un magnifique cadeau de départ mais j'ignorais comment te joindre pour te prévenir. J'ai recontacté le couple qui nous avait reçu mais il ne savait rien de toi de plus que ce que tu m'avais dit.
- Nous avons un enfant ? murmure Pierre la voix étranglée.
- Ne dis rien s'il te plait, autrement je n'arriverai pas à terminer cette histoire.

Pierre ému, le cœur battant la chamade, rapprocha son fauteuil et saisit les mains d'Albane, comme si son contact lui était indispensable. Elle regarda songeuse, leurs doigts enlacés sans chercher à s'écarter avant de reprendre la voix assourdie :
- Lorsque j'ai voulu informer mes parents, au moment des fêtes de fin d'année, ils ont très mal réagi à l'annonce de cette maternité. Ils vivent dans un petit village près d'Evreux et je leur faisais un terrible affront, en étant enceinte hors mariage, aussi depuis cette affaire, avons-nous rompu les ponts.
J'étais seule pour gérer la situation et heureusement, j'avais France et Anne, sa maman pour me soutenir. Je n'avais jamais imaginé me

retrouver un jour, aussi jeune, en maman solo mais bref, j'étais professeur stagiaire, je donnais des cours de soutien en français et faisais quelques extras en fin de semaine et pendant les vacances. France ou sa maman gardaient le bébé, ce qui me permettait de boucler mes fins de mois sans trop de difficultés.

Fin mai, j'ai donc donné naissance à notre fils, Pierrick. C'est le prénom de Pierre en breton. C'était un magnifique bébé. Lorsqu'il a eu six mois, un examen a confirmé ce qui avait été suspecté assez tôt in-utéro, une maladie cardiaque congénitale inopérable tant qu'il n'aurait pas grandi. J'ai alors travaillé comme une folle pour obtenir l'agrégation puis un doctorat, afin d'oublier l'épée de Damoclès que mon adorable bébé avait sur sa tête autant que par nécessité. Il allait plutôt bien et j'espérais qu'il serait opéré, son suivi régulier n'avait rien décelé de plus alarmant, même si je savais que la mort guettait et que le médecin me le rappelait à chaque visite. A trois ans, il a donc commencé à aller à l'école maternelle. Il était grand et beau et te ressemblait de plus en plus. A six ans, en grande section, il était curieux de tout, savait pratiquement lire et était très en avance. En juin à la fin de l'année scolaire, il devait suivre des cours de piscine, pas dans l'idée d'apprendre à nager mais plutôt celle de ne pas craindre l'eau, de savoir

A nul autre pareil

flotter et d'éviter de paniquer en cas de chute accidentelle. Tout s'était bien passé, le soir il était si heureux de m'expliquer son après-midi dans le moindre détail. Il m'avait dit en se couchant que je devais t'écrire pour te prévenir qu'il n'avait pas eu peur, qu'il savait plonger et flotter et il était un grand garçon, puis il s'est endormi après sa petite histoire du soir et il... il... il ne s'est plus réveillé. Il m'avait laissée seule, comme le médecin m'avait dit que cela pouvait se produire, mon bébé, mon petit garçon... était parti ! termine-t-elle des sanglots dans la voix, vite maitrisés.
Sept ans après notre rencontre, la vie m'avait repris le cadeau que tu m'avais laissé en souvenir de ces dix jours. C'était trop !

Emue Albane fait une pause, cligne des yeux pour chasser les larmes, respire pendant que Pierre les yeux baissés se reprend lui aussi, bouleversé par ce récit.
-         Après l'enterrement, bien que très entourée par mes amies très touchées elles aussi, j'ai décompensé. J'ai fait une grosse dépression et j'en suis sortie maintenant, même si France qui a toujours été très présente, me surveille et s'inquiète toujours.
Elle t'attribue à tort, les événements qui se sont produits mais j'étais responsable autant que toi des

conséquences de notre imprudence. Je prenais la pilule et n'avais pas imaginé que ses taux de performance seraient affectés par le stress des événements qui avaient précédé notre rencontre. Bref, je ne t'en ai jamais voulu et je n'espérais pas te revoir un jour. L'autre jour, à la soirée, je pensais qu'en t'évitant tu n'apprendrais rien, à quoi bon, il est impossible de refaire l'histoire et puis dix années sont passées et tu as dû faire ta vie…
Voilà, je ne sais pas quoi te dire de plus.
-       Où se trouve Pierrick ? demande Pierre la voix enrouée et les yeux très brillants.
-       Avec l'aide de France qui était sa marraine, j'ai acheté une concession dans un cimetière tranquille en Bretagne, face à la mer qu'il aimait. Loïc et Sandrine, les gens qui nous avaient hébergés au gîte sont devenus des amis au fil des années et ils avaient beaucoup d'affection pour Pierrick. Ils nous ont proposé cette solution. J'y retourne souvent avec ou sans France, leur tendresse inconditionnelle et leur force m'ont beaucoup aidée.
Voilà je ne peux rien te dire de plus, je n'ai jamais pu t'oublier, j'avais vécu une très belle histoire et tu faisais partie de notre vie, de notre fils dans lequel je te retrouvais chaque jour davantage, dans le regard, les expressions, les traits du visage.

A nul autre pareil

- J'aurais tellement voulu être là, crois-moi, j'ai vraiment fait ce que j'ai pu pour te retrouver, sans succès. J'ai eu un fils et je l'ignorais… comme j'aurais aimé… murmure-t-il les larmes aux yeux. Il tremble et la gorge serrée, il s'étouffe.

Il se leva, alla contempler les arbres de la rue et revint s'assoir après avoir repris le contrôle de ses émotions.

- Comment Pierrick vivait-il le fait de ne pas avoir de père ? A six ans il devait s'en rendre compte.
- Je lui avais dit que tu étais en mission mais que tu demandais de ses nouvelles. Il te faisait des dessins que je devais te faire parvenir. Je les ai toujours dans un dossier. Son meilleur ami était un fils d'officier, il lui avait expliqué que son père partait pour de longues périodes et cet exemple avait permis de banaliser et d'accepter ton absence.
- Tu ne t'es pas mariée…
- Non, je n'avais en tête que de bien m'occuper de Pierrick tant qu'il serait là, avec l'idée que je devais surveiller sa santé au plus près afin de le garder près de moi le plus longtemps possible jusqu'à une potentielle opération. Son état ne s'aggravait pas, aussi étais-je sans doute, au moins pendant ses trois dernières années, dans une sorte de déni, mêlé d'espérance. J'étais totalement indisponible pour quelqu'un d'autre que lui et

A nul autre pareil

France ou Anne, toujours présentes. C'est pourquoi sa brutale disparition a été si difficile à accepter, même si objectivement, j'avais été préparée à cette possibilité, j'ai flanché, ma vie s'était à nouveau effondrée. J'ai ensuite suivi une longue thérapie et je crois que maintenant j'accepte ce qui est arrivé. Je suis plus forte et d'une certaine façon, tu arrives au bon moment. Je sais que je ne replongerai pas dans le marasme dans lequel je me débattais à sa mort et je peux me souvenir et évoquer Pierrick sans m'effondrer.

Voilà, tu sais tout, je vais te donner mon numéro de téléphone pour le cas où tu aurais des questions et j'ai le dossier de Pierrick et des photos à te remettre si tu les veux. Il ne te connaissait pas mais il t'aimait beaucoup, tu étais son papa et tu comptais pour lui. Ne t'accable pas, pas plus que moi tu n'étais responsable même si nous avions été insouciants.

Pierre silencieux, s'adossa au fauteuil, il ferma les yeux, les mains encadrant son front, il s'efforça de respirer lentement et profondément, terrassé par une vague de chagrin pour la perte de l'enfant qu'il n'avait pas connu.
« Un bébé, mon fils… j'ai perdu mon fils… »

Après quelques instants d'un profond silence, il la regarda très sérieux :

A nul autre pareil

- Albane, je suis sûr de moi depuis dix ans et je ne renoncerai pas, je veux te revoir pour que tu me parles de Pierrick et que tu me donnes ce qu'il avait fait pour moi mais maintenant que je t'ai retrouvée, je n'aspire qu'à me rapprocher de celle qui m'avait fait rire, rêver et chanter, toi qui m'avais rendu si heureux et imperméable aux autres femmes.
- Je ne sais pas si elle existe encore, murmura-t-elle à peine audible, ces dix années ont été tellement difficiles... Je m'en vais, appelle-moi si tu as besoin de moi, déclare-t-elle en se levant.

Elle sortit dans le couloir et s'appuya sur le mur près de l'ascenseur, fatiguée, le cœur en lambeaux.
« Non je ne pleurerai pas et je ne m'effondrerai pas même si j'ai envie de disparaitre dans un trou noir. »
Puis elle envoya un texto à France :
« Je t'attends en bas. »
Et elle s'enferma dans la cabine de l'ascenseur.

Resté seul avec son chagrin, Pierre lui, est anéanti, les mains appuyées sur ses yeux pour empêcher les larmes de couler.
Quel sale tour lui avait joué le destin !
Il l'avait fait tomber amoureux pour lui reprendre la seule femme qu'il avait aimé ; il lui avait donné un

fils, l'avait tenu dans l'ignorance et lui avait repris cet enfant alors qu'il l'aurait tant aimé.
Qu'avait-il pu faire pour être châtié de cette façon ? Il va devenir fou !
« Comment Albane a-t-elle tenu ? Je comprends sa dépression après la perte de Pierrick. Elle n'a eu à affronter que des deuils successifs ces dix dernières années, la rupture après dix jours d'amour fou, le rejet de ses parents, la maladie, la peur de le perdre et la mort de notre enfant. » songe-t-il.

Il se dirigea vers la porte de communication et trouva Marc seul dans le bureau de son assistante, en train d'écrire sur son téléphone.
- Où est France ?
- Partie, ta copine lui a envoyé un texto pour lui dire qu'elle attendait en bas. La rencontre s'est bien passée ?
- J'ai appris que j'ai eu un fils il y a dix ans mais il portait une malformation cardiaque congénitale et il est mort à l'âge de six ans. Les parents d'Albane l'ont viré de chez eux lorsqu'ils ont appris sa grossesse, elle a eu le bébé et s'en est occupé avec France et sa mère puis elle a fait une grosse dépression après sa mort. Elle prétend qu'elle va mieux même si elle se ménage encore.

- France m'a dit tout cela en gros et elle veille au grain. Je crois qu'elle a vraiment craint pour son amie à un moment.
- Je vais rentrer, j'ai envie de picoler pour oublier. Pourquoi ne nous sommes-nous pas retrouvés avant ? Pourquoi n'avons-nous pas échangé nos numéros, tout aurait été tellement plus simple ! J'aurais pu connaitre Pierrick, je l'aurais aimé et Albane a réussi à me faire aimer par mon fils malgré mon absence. Pour lui, j'étais en mission comme le père de son petit copain, alors comme lui, il me faisait des dessins pour me dire qu'il pensait à moi. De mon fils, il va me rester des photos et des dessins d'enfants, c'est tellement peu et j'ai tellement envie de plus.
- Au moins, elle ne t'a pas fait passer pour un pourri.
- Elle n'est pas comme ça et ne me tient pas pour responsable de ce qui est arrivé. Enfin, je l'ai retrouvée et je vais essayer de la garder cette fois. Tu rentrerais avec moi ?

5

Trois jours passèrent, Pierre rongeait son frein mais il laissait du temps à Albane et il espérait qu'elle ne tarderait pas à le contacter car lui a envie de l'entendre, de la sentir, de l'écouter, de la soutenir et … de l'aimer. S'il a réussi à maitriser sa libido pendant toutes ces années, maintenant qu'il l'a retrouvée, il est torturé par le désir qu'il a d'elle.
Il veut partager avec elle tout ce qu'il a gardé en lui pendant ces dix ans.
« La volonté a ses limites et je les ai atteintes. »

Marc repartira le lendemain matin pour ses derniers mois de contrat aux USA. Il a un championnat à gagner pour finir sa carrière en beauté. Ce soir, ils sortiront au restaurant et rentreront tôt car l'avion décollera à six heures demain.

Afin de gérer son impatience, Pierre se laissa engloutir par le travail.
« Il devient urgent de recruter un responsable des Relations Publiques. Albane ne répond pas aux sollicitations et madame Armand n'ose plus lui

poser la question. Elle serait pourtant bien à ce poste, est-ce ma présence et le fait de devoir parfois travailler ensemble qui la gêneraient ? Pourquoi ne m'appelle-t-elle pas ? »
Il repoussa ses pensées moroses et replongea dans son dossier, les chiffres l'obligeant à se concentrer.

Marc envoya un texto vers dix-sept heures pour le prévenir que France et Albane seront présentes au diner de ce soir, puis il composa le numéro de Pierre.
- Je voulais les saluer avant mon départ et j'ai téléphoné à France qui a accepté pour elles deux de diner avec nous. Elle a ajouté qu'elle « travaillait » Albane afin qu'elle accepte le poste aux Relations Publiques.
Ta copine aurait revu sa psy qui aurait confirmé stopper définitivement la thérapie car elle prétendrait ne plus rien lui apporter.
France m'a dit qu'elle avait écrit un bouquin entre autres activités et que cet écrit était le point d'orgue de ce travail sur elle. Maintenant, la psy lui a demandé de le brûler afin de laisser le contenu derrière elle, pour que symboliquement, ce qu'elle a écrit prenne sa place dans le tiroir aux souvenirs et perde chaque jour de sa précision et de son

intensité. C'est dingue de vouloir cramer quatre ans de boulot, moi j'essayerais de le publier.

- Si ce qu'elle a écrit concerne son intimité, je comprends qu'elle n'ait pas envie de le faire lire par n'importe qui.
- Quatre ans de boulot, pendant lesquels chaque mot, la moindre virgule et tous les points sont pesés... ça se discute... mais en effet elle s'exposerait et elle est trop modeste pour imaginer que son histoire puisse intéresser quelqu'un.

Je te dis à dix-neuf heures, je t'enverrai l'adresse lorsque j'aurai réservé. Je voudrais un truc bien, et vérifie de ne pas avoir de sauce tomate sur ta cravate, il y aura des dames à notre table.

- Faux frère ! Tu ne me laisseras pas oublier !
- Sûrement pas, monsieur parfait !
- Pfff... Je n'ai plus envie de bosser maintenant...
- Et bien rentre, c'est presque l'heure, tu prendras une douche, tu te reposeras un moment et seras frais et dispo pour rencontrer ta belle.

Ce que décida de faire Pierre, son ami sera parti le lendemain, autant profiter de sa présence le plus longtemps possible.

A nul autre pareil

Il rangea ses dossiers, en déposa certains dans le coffre du bureau et partit en abandonnant ses préoccupations professionnelles derrière lui.
Enfin, il va revoir Albane ! Il n'a pas l'impression d'avoir presque trente-cinq ans, mais d'être à peine adulte et de ne plus pouvoir contenir ses pulsions amoureuses qu'à grand peine.

Marc a trouvé une table chez un Chef qui a reconnu son nom et exige un autographe en compensation. Il est heureux d'y inviter ses trois amis en attendant de trouver un coin de repli sympa. Puisque les femmes ne veulent pas qu'ils aillent les chercher chez elles, il donna rendez-vous à France au restaurant à dix-neuf heures trente.

Supervisée par son amie, Albane se maquilla légèrement, enfila une jolie robe noire en dentelle et chaussa une paire d'escarpins vernis avant de demander son avis à France.
- Ouah ! Sublissime, tu vas faire chavirer le cœur de Pierre.
- C'est trop ? Ce n'est qu'un restau.
- Non, c'est parfait. Regarde ma tenue, Marc va en prendre plein la vue, mon but est qu'il ne m'oublie pas pendant ces six mois, qu'il soit sage et revienne avec les crocs. Je serai là pour l'accueillir.

Albane rit et regarda d'un œil critique la jolie robe en soie bleu vif, à manches trois quart et au col boule assez « coulant-plongeant » entre les seins. Ce vêtement est très beau mais elle ne pourrait pas porter une robe aussi révélatrice. En revanche, elle convient à la personnalité de France. Elle repense à une citation lue récemment, d'une actrice à propos d'une autre, et elle trouve qu'elle s'applique à son amie : *« Il y a des gens qui peuvent tout faire. Des femmes qui disent les pires grossièretés, certaines choquent, d'autres pas. Elle peut le faire sans choquer, être grossière sans qu'on le remarque, parce qu'il n'y a en elle aucune vulgarité. »*

- Fais toutefois attention à ce que tu racontes, en plus de cette robe spectaculaire, tes propos pourraient être pris au sérieux si quelqu'un t'entendait, tu passerais alors pour je ne sais quoi, une pouffe, dit-elle en souriant.

- Oh ! « Pouffe » ? Toi, tu as prononcé un mot pareil ? C'est ta psy qui t'a appris du vocabulaire nouveau ? Je l'adore ! s'exclame France en éclatant de rire.

Dis-moi, reprend-elle plus sérieuse, est ce que tu vas mieux ou c'est moi qui prends mes désirs pour la réalité ?

- C'est vrai, depuis que j'ai pu discuter avec Pierre, je me sens beaucoup mieux, je n'ai plus

A nul autre pareil

l'impression d'avoir gardé Pierrick en otage. Il sait qu'il a été un papa aimé par son petit garçon et ce soir, je vais lui apporter son dossier. Il pourra, s'il le veut, le consulter et faire tranquillement la connaissance de notre fils.
- C'est du lourd ça, tu manquais de ne pas pouvoir partager Pierrick avec lui, je suis contente, tu vas pouvoir avancer ! Enfin !
- J'ai aussi pris la décision de postuler pour les Relations Publiques, j'espère que ce ne sera pas trop tard. Quoi qu'il en soit, j'ai envoyé ma lettre de démission à la fac. Je les lâche presque à la rentrée mais je sais qu'ils n'auront pas de difficultés à trouver un remplaçant.
- Tout ça en trois jours ! Je me réjouis de te voir dans cet état d'esprit mais es-tu bien sûre de toi ?
- Je n'en sais rien mais je suis certaine que je dois essayer.

Elles restèrent silencieuses pendant les vingt minutes de trajet en voiture. Dans le VIIIe arrondissement, elles trouvèrent une place de parking et terminèrent le chemin à pied. Arrivées, elles s'aperçurent qu'elles ignoraient à quel nom la table avait été réservée.
Devant leur insistance, la responsable de l'accueil laissa France s'avancer jusqu'à la salle et

apercevoir Marc et Pierre en train de discuter en les attendant.
- Donnez-moi vos noms, s'il vous plait. Je vais me renseigner.
- Je suis France et mon amie se prénomme Albane et je vous assure que nous sommes attendues.
Elles voient Marc lever la tête, regarder dans leur direction et faire un geste de la tête à la responsable qui revint les chercher.
- Excusez-moi mesdames, il s'agit d'un protocole de sécurité pour préserver la tranquillité de nos clients.
Elles s'installèrent sous les lazzis de Marc.
- Alors vous ne savez toujours pas qui je suis ? Voilà qui ne fait pas de bien à mon égo.
- Ton nom n'a pas d'importance, tu as de toute façon une grosse tête, monsieur je suis le meilleur !
- Grosse tête ? Comment sais-tu ça, nous n'avons pas encore…
- Oh ! tais-toi où je repars et ce serait dommage pour Albane et Pierre, répondit France un peu rouge.
Pierre éclata de rire dans sa serviette pendant qu'Albane arborait une mine ahurie par la connotation délibérée de la réflexion de Marc.
- Marc, tu n'aurais pas osé … remarque-t-elle.

- Désolé, c'était une blague à deux balles, facile à faire. Excusez-moi, je n'ai pas l'habitude de sortir avec des dames et les gars de l'équipe sont moins raffinés que vous l'êtes, répondit-il gêné.
- OK, tu es excusé pour cette fois, marmonna France.
- Tu es magnifique, je suis heureux que tu sois venue. Comment vas-tu ? demanda en chuchotant Pierre à Albane.
- Je vais beaucoup mieux depuis que j'ai pu te parler de Pierrick et si le poste des Relations Publiques n'est pas pourvu, j'aimerais candidater.
- Génial ! Tu sais que parfois nous aurons à bosser ensemble.
- Oui et je ne pense pas qu'il y aura de souci.
- Et tu n'ignores pas que je tiens à te revoir, je tiens beaucoup trop à toi et à notre histoire pour t'ignorer.
- Faisons les choses doucement. Je t'ai apporté le dossier de Pierrick mais peut-être n'est-ce pas le moment.
- Je le prendrai, je suis impatient, aurais-tu une photo de notre fils à me montrer ?
- Je t'ai mis un petit album de sa naissance à ses six ans. Il était ton portrait.
- Montre le moi, répond-il la voix rauque, soudain pressé de rencontrer l'enfant.
- Tu es sûr, maintenant ?

A nul autre pareil

- Oui, toutes les deux, vous avez eu la chance de pouvoir lui donner votre affection et je sais que tu lui as appris à aimer son père. Je suis impatient de rencontrer notre fils.

Albane sortit un petit album photo d'un sac et le poussa fermé vers Pierre pendant que Marc et France les observaient, tendus et silencieux. A l'intérieur outre les photos, les dessins du petit garçon pour son père absent sont collés par ordre chronologique.

Pierre a une boule qui l'oppresse, monte et descend dans sa poitrine, l'empêchant de respirer. Il a devant lui la preuve de ce qu'il n'arrivait pas à complètement réaliser jusqu'alors. Son fils devient plus réel, il a un visage, un sourire, il a été heureux, il était triste de ne pas le voir et il lui ressemblait étrangement. Il se retrouve enfant dans des vêtements qui n'étaient pas les siens.
- Tu veux un verre ? demanda Marc en sourdine.
Pierre répondit par un signe de tête et ouvrit l'album pendant que Marc faisait un signe au serveur et passait commande d'un alcool fort pour eux, d'un Martini et d'un cocktail sans alcool pour Albane.

A nul autre pareil

Pierre passa vite sur les photos du bébé à la maternité pour s'attarder attendri, sur le petit garçon qui essayait de pédaler sur un vélo tiré par sa mère. Il le découvrit rire au toboggan, jouer au cochon pendu dans une sorte de cage sous la surveillance de France, souffler les bougies de son gâteau d'anniversaire avec Albane, France ou son jeune petit ami dont le père était souvent absent, autant d'éléments joyeux qui avaient jalonné sa vie d'enfant et lui laissent l'impression d'un petit garçon gai et heureux.

- C'est vraiment toi en mini et en moins ronchon, remarqua Marc penché sur l'album.
- Merci Albane pour ce beau cadeau. Il faudra que tu m'expliques ces photos dans leur contexte. J'ai déjà l'impression de mieux le connaitre. Déclara Pierre la voix rauque mais l'émotion maitrisée.
- Quand tu voudras, appelle-moi avant, j'ai des vidéos aussi, lorsque tu seras prêt. Je ne les regarde pas parce que c'est difficile, mais si tu es là...
- Albane, n'en fait pas trop, trop vite. Conseilla France.
- Ne t'inquiète pas, je connais mes limites et je vais bien, vraiment.

A ce moment-là, le serveur vint prendre la commande alors qu'ils n'avaient pas encore regardé la carte. Ils choisirent leurs plats et pendant qu'il repartait avec leurs préférences, un autre arriva avec les apéritifs et la carte des vins.

Ce temps de distraction allégea l'ambiance. Ils échangèrent sur le voyage que va faire Marc et ses longs mois d'absence. Elles savent maintenant qu'il est une vedette et le capitaine de son club de football américain.
- Les filles, en mon absence, pourriez-vous essayer de me trouver un appart correct, de cinq ou six pièces dans un bon quartier ? Je dispose d'un bon budget, donc visez le moyen-haut de gamme. S'il fallait envisager de la rénovation, il ne faudrait pourtant pas tout avoir à refaire. Enfin si vous pouviez me trouver quelque chose pour mon retour, ce serait top !
- Nous pouvons faire ça pour toi, dans quel quartier souhaites-tu t'installer ?
- Un coin où les femmes et les enfants se sentent en sécurité, je ne voudrais pas avoir à m'inquiéter, dans le 16e ou le 17e, éventuellement dans le 78 ou le 92, proche du périphérique.
- Ah, tu as une femme et des enfants ? demanda France l'air choqué et presque en colère, et tu sais que la sécurité de nos jours même dans les quartiers chics et chers, n'est pas garantie.

- Non, je n'ai pas de famille, autrement tu ne serais pas là mais un jour peut-être, dans pas trop longtemps, je ne rajeunis pas, n'est-ce-pas ? Choisis un quartier où toi tu aimerais demeurer et il me conviendra.

Pierre éclata de rire pendant que Marc rougit comme un adolescent.

- Je rêve ou j'ai déjà trop bu ? murmura France en regardant Albane qui observait Marc les sourcils froncés et l'air stupéfait, cherchant à comprendre ce qui a été dit et sous-entendu par Marc.

- Tous les deux vous faites une fameuse paire, ricana Pierre se moquant de son ami.

- D'accord, compte sur nous, déclara fermement Albane qui, sans doute satisfaite de ce qu'elle avait vu, sourit maintenant à Marc.

Marc, mal à l'aise et conscient de sa bévue, acquiesça d'un signe de tête, et heureusement, l'arrivée des plats dissipa l'embarras.

La soirée se termina bien, ils ont réussi à trouver le ton juste en évitant les sujets sensibles.

Lorsqu'ils sortirent dans la nuit, Pierre prit Albane dans ses bras.

- J'adore ton parfum, il est unique et imprimé dans mon cerveau. Lorsque j'étais derrière toi le soir de la réception, c'est ainsi que j'ai su que je

t'avais retrouvée avant même de voir ton visage. Je ne l'ai jamais oublié et il m'a empêché de te remplacer, même pas en passant vite fait. Quand nous reverrons nous ? Je ne veux plus perdre de temps ; dans ma tête et dans mon cœur, tu es ma femme depuis si longtemps.
- Demain ? suggéra Albane la voix étranglée.
- Viens chez moi, c'est un appartement qui appartient à la boite et il est glacial, si tu pouvais le réchauffer…
Albane se raidit, son sourire disparut.
- Je parlais de l'appart, Albane, enfin il faut le voir et tu me raconteras ce que tu as fait pendant ces dix ans comme boulot. Tu devras passer un entretien avec les RH, autant y être préparée !
- Comment sais-tu ?
- Marc et France textotent à longueur de journée… Il me l'a dit aussitôt et j'ai bloqué le poste mais il faudra que tu sois compétente afin d'éviter les ragots.
- Je déteste les gens qui parlent sans savoir, je m'entends bien avec le service juridique mais je ne sais rien du reste de l'entreprise et il faudrait que j'informe Madame Armand de ma décision.
- Elle en sera enchantée, n'en doute pas…
- Vous avez fini de vous raconter je ne sais quoi ? Il faudrait rentrer, Marc voudrait dormir un peu avant de sauter dans son taxi aux aurores.

A nul autre pareil

- Demain quatorze heures, murmura Pierre. Je t'enverrai l'adresse par texto.
Albane fit un geste d'accord, de la tête
Elle se sent rassérénée et plus légère, elle a un rendez-vous et Pierre tient à elle, elle en est sûre. Une timide lueur d'espoir vacille dans un coin de sa poitrine, près de son cœur.
Elle se raisonne, se convainc que le temps est passé et que Pierre n'a pas pu entretenir la flamme, il est toujours aussi beau et a certainement été sollicité.
« Méfie-toi, peut-être est-il devenu un beau parleur » ?

6

Le lendemain, Pierre fébrile et impatient attendait Albane. A l'heure, elle se présenta devant le concierge de l'immeuble, un peu intimidée d'avoir à montrer patte blanche pour rendre visite à quelqu'un.

Pierre donna son accord et le concierge la conduisit devant un ascenseur dont il manipula les boutons lui-même.

Quelques secondes après, elle arriva directement dans le hall d'un appartement d'où elle aperçut le vaste salon en sortant de la cabine. Très souriant, Pierre l'attendait, ignorant qu'elle était sur ses gardes.
-       Bienvenue dans cet appartement qui est commode mais que je n'aime pas beaucoup. Tout y est fonctionnel et réfrigérant. Je ne fais qu'y dormir et c'est un avantage en nature que tu pourrais m'aider à rendre plus chaleureux, ce qui serait bien ! Autrement, nous pourrions chercher

quelque chose que je pourrais acquérir et ce serait certainement un meilleur calcul à moyen terme.

- Pourquoi voudrais-tu que je t'aide à trouver un appartement, c'est un acte personnel qui doit correspondre à tes goûts et éventuellement à ceux de ta compagne.

- Albane, tu es celle que je rêve d'avoir pour compagne depuis dix ans, tu as été la mère de mon fils et je ne peux pas m'imaginer vivre avec quelqu'un d'autre que toi. Je ne te bousculerai pas mais je veux que tu sois consciente de cette réalité, aussi ubuesque parait-elle. J'ai eu la fantastique chance de te retrouver après dix ans de recherches et je ne te laisserai plus partir sans de super bonnes raisons.

- Pierre, ce n'est pas rationnel, nous ne nous connaissions pas à l'époque et nous avons cédé à une folle et invraisemblable attirance. J'ai tendance à penser que nous sommes toujours des inconnus l'un pour l'autre.

- Et moi, je suis persuadé que nous nous connaissons bien, que nous savons l'essentiel mais nous pouvons reprendre contact à ton rythme et discuter de ce qui nous sépare. Notre attirance était unique et je la ressens toujours aussi fort. Notre histoire m'a appris la patience et à ne pas désespérer même quand tout allait mal. Ce qui n'empêche que cet « avantage en nature » ne me

plait toujours pas et je ne suis pas certain que le verre et l'acier soit ton style préféré.
- Non c'est vrai mais...
- Ma chérie, nous allons commencer par le plus urgent, les contenus de ton entretien puis nous verrons ce que nous aimons comme style d'appartement et de mobilier et si nous ne le faisons pas aujourd'hui, nous le ferons demain ou le jour d'après, il n'y a pas d'urgence absolue et je survivrai dans de meilleures conditions maintenant que je t'ai retrouvée. Viens, il y a un canapé confortable devant la baie vitrée qui n'attend que nous.

Après s'être installés, méthodique, il éplucha le CV, examina en détail son parcours universitaire et chercha à comprendre ses motivations d'orientation vers le doctorat après sa deuxième année de master.

Lorsqu'elle lui donna comme motivation à ses recherches doctorales qu'elle avait cherché à travailler le plus possible de chez elle afin de rester près de son bébé souffrant, il tiqua.
- Ces motivations ne me paraissent pas bonnes même si elles étaient conformes à la réalité.
- Pierre, à vingt et un ans, j'étais jeune maman d'un bébé gravement malade et bien que professeur stagiaire, je n'avais pas les moyens de payer une nounou à temps plein. J'ai préféré

adapter mes recherches doctorales à mon mode d'organisation. Je suis consciente que ce choix n'était pas très noble mais je suis heureuse du temps que j'ai réussi à passer avec mon bébé et mes recherches comme ma thèse ont reçu de bons soutiens. Je ne pense pas que mon amour pour mon enfant malade puisse être remis en cause par quiconque…

De sa voix douce, elle reprit après un instant de réflexion.

J'ai découvert que dans ces circonstances particulières, les priorités pouvaient changer ainsi que les motivations. N'importe quel parent est doté de la capacité à le comprendre.

- Tu vas donc dire que tu as perdu un enfant.
- Je l'ignore mais je n'ai pas honte d'avoir eu Pierrick.
- Et si quelqu'un te demandait qui était son père ?
- J'étais une mère célibataire et le père de mon fils était absent, les gens ne chercheront pas à en savoir davantage.
- Tu ne diras pas que c'était moi ?
- Notre vie privée n'intéresse personne, pourquoi voudrais-tu que j'en parle ?
- Pour essayer d'infléchir la décision.

A nul autre pareil

- Non, je dois apparaitre compétente aux recruteurs et ne pas chercher d'aide dans des détails d'ordre privé.
- Bien, comme je te connais et que j'éprouve des sentiments forts pour toi, afin d'être impartial, je demanderai au Directeur des services juridiques et celui de la communication de me remplacer par quelqu'un d'autre. Je serai présent mais n'interviendrai pas quoi qu'il arrive. Qu'en dis-tu ?
- Je serai probablement plus à l'aise si tu n'es pas juge et partie parce que s'il était appris que nous nous connaissons, les ragots ne seraient pas maitrisables et je n'aurais plus de légitimité.
- Comme tu veux mais je reconnais ne pas être surpris par ton approche. Maintenant, puisque cette affaire est réglée, parlons de l'appartement.
- Je ne suis toujours pas certaine d'être la mieux placée. Si tu étais amoureux de quelqu'un, vivre dans un lieu que j'aurais choisi pourrait créer d'inutiles conflits.
- Albane, il n'y aura pas d'autre femme que toi. C'est ainsi que nous sommes dans ma famille et j'ai conscience que c'est difficilement entendable. Après ton départ, je n'ai plus eu envie de m'approcher de qui que soit. Des amis ont essayé de provoquer des rencontres, des femmes ont tenté de me séduire mais non, tu étais là, incrustée dans

mon cœur, ton souvenir ne me lâchait pas et c'est ce qui m'a permis de continuer à te rechercher.
- C'était pareil pour moi mais j'expliquais cela par la présence de Pierrick puis par la dépression et la thérapie… Que nous est-il donc arrivé sur ces terres bretonnes, quelle sorte de magie était-ce ?
- Ne compliquons rien, disons simplement que nous avons rencontré l'Amour, peut-être y a-t-il eu l'intervention de Merlin l'enchanteur ou de la fée Viviane mais comment le savoir ? Ce dont nous sommes certains, c'est qu'un sentiment fort est toujours présent entre nous et qu'il continue de nous réunir.
- Ne nous précipitons pas, passons du temps ensemble, ce que nous n'avions pas fait et voyons ce qui se passe. Nous sommes plus âgés et ne pouvons plus nous accorder d'imprudences.
- Ma chérie, j'en suis très heureux ! Il s'aperçut alors que la lumière avait baissé et se leva pour éclairer la pièce.
Il est déjà dix-huit heures, accepterais-tu de diner avec moi ? Il y a un petit restaurant italien tout près, très sympathique et après ces quelques jours passés avec Marc, je n'ai pas très envie de me retrouver seul alors que ta présence me comble de joie.

Plus détendus que jamais, ils discutèrent de leurs amitiés, de leurs métiers et refirent connaissance.

A nul autre pareil

A dix-neuf heures trente, ils partirent pour diner quand tout en marchant, Pierre prit sa main et qu'Albane lui abandonna la sienne.
Il est heureux, il a le sentiment qu'elle lui a donné son accord pour qu'ils avancent ensemble et inventorient les possibles.

Au restaurant, il est reconnu par le patron qui lui demande des nouvelles de son ami et s'extasie sur « la bella ragazza » qui l'accompagne.
-      Tu as compris que c'était notre cantine avec Marc, le soir après ses journées de rendez-vous ou mes réunions, c'est ici que nous venions diner. Ce n'était pas loin de l'appartement et malgré l'air envahissant du patron, il est très discret. Avant, lorsque j'étais seul, en sortant après vingt heures, je m'arrêtais dans un bar pour manger une salade ou un sandwich quelconque. Rentré chez moi, je regardais un film ou bouquinais et je me suis souvent réveillé devant la télé devenue silencieuse ou le nez sur mon livre, les lunettes de travers. Je craignais que ce soit la préfiguration du reste de ma vie. Heureusement, tu es revenue me sauver !
-      Ah, tu me donnes là une drôle d'image de l'homme sportif, dynamique et joyeux que j'imaginais. A à peine trente-cinq ans, tu ne peux pas vivre comme un vieillard.
-      Peut-être mais la femme qui me faisait rêver n'était pas près de moi, aussi n'avais-je plus envie

de sortir et encore moins de la remplacer par quelqu'un qui aurait exigé la première place, ce que je ne pouvais offrir à personne d'autre qu'à toi. Tu étais en moi et j'étais habité par ton souvenir toujours tellement présent malgré les années qui passaient.

Albane est attendrie et flattée, elle se demande si cet amour inconditionnel est bien réel ou s'il s'agit d'une obsession à caractère psychiatrique qui l'a empêché de tourner la page. Et elle, qu'éprouve-t-elle pour ce bel homme assis en face d'elle. L'attirance qui est forte, alliée au souvenir et à Pierrick la poussent vers lui. La somme de ces éléments sera-t-elle suffisante ? Elle ne veut pas le tromper ou l'induire en erreur.
-      Ce que tu me dis est vraiment adorable Pierre, j'éprouve aussi de nombreux sentiments mêlés mais comment savoir si ce que je ressens est de l'amour ? Comment fais-tu pour être aussi sûr de toi ?
-      Ne t'inquiètes pas, j'ai appris la patience et je sais qu'un jour tu sauras. Je prends même le risque de te voir peut-être choisir un autre homme.
-      Un autre homme ? Je n'en ai pas envie, tout ce temps, je n'ai pensé qu'à toi, quels qu'aient pu être les plans de France ! Ce serait une révolution !

A nul autre pareil

- Tu vois, nous réagissons de la même façon tous les deux, je suis certain que bientôt nous serons enfin réunis. Depuis dix ans, te retrouver a toujours été mon espoir le plus grand, même s'il paraissait fou aux yeux de Marc qui ne me comprenait pas toujours.

La soirée se déroula dans le calme, leur incroyable connivence n'avait pas disparu et ils se dirigèrent heureux vers l'appartement de Pierre.
- Je n'ai que quelques stations pour rentrer, je vais prendre le métro Pierre, il n'est pas utile que tu ressortes ta voiture du garage.
- Non je serais inquiet mon cœur, il est tard, laisse-moi appeler un taxi puisque tu ne veux pas que je te raccompagne.
Elle céda parce qu'elle avait compris qu'elle n'aurait pas gain de cause.

Le taxi s'arrêta bientôt devant l'immeuble de Pierre. Il lui ouvrit la portière et l'embrassa légèrement sur les lèvres.
- Merci pour cette belle journée. Je t'appellerai demain pour te fixer un rendez-vous d'embauche.
- Merci pour cette soirée, à demain.

A nul autre pareil

Les mains dans les poches de son blouson, Pierre regarda le taxi s'infiltrer entre les véhicules. S'il ressent une sensation d'arrachement à la voir s'éloigner de lui, il est beaucoup plus calme, presque serein depuis qu'il l'a retrouvée. Albane hésite à se lancer dans une aventure dont elle ne maitrisera pas tous les paramètres mais la vie est en elle-même une épopée qui ne se déroule pas toujours comme les hommes la prévoient lorsqu'ils sont jeunes adultes. Elle l'a déjà appris et en a beaucoup souffert, en grande partie par sa faute. C'est lui qui fraichement diplômé d'une grande université américaine, incertain de ses débouchés en France, voulait tout oublier, jusqu'à son nom après un sévère accrochage avec son père, pendant un moment en dehors de la réalité. Quelle sottise il avait commise mais il ne peut s'en prendre qu'à lui-même ! Heureusement, elle n'éprouve envers lui aucune rancune, peut être maintenant leur avenir sera-t-il meilleur ?

C'est l'espoir chevillé au corps qu'il rentra dans le hall de son immeuble et appela l'ascenseur après un signe au veilleur de nuit.
Un moment après, ne supportant plus le silence de son appartement, il céda à la tentation de l'entendre à nouveau et composa son numéro.
-       Pierre ?

- Es-tu bien rentrée ? Tout va bien ? Je suis idiot mais je voulais m'en assurer.
- Tout va bien, encore merci pour ce soir. Je n'ai pas pensé à Pierrick de toute la soirée, cela ne m'était pas arrivé depuis que j'ai appris que je l'attendais. Penses-tu que c'est normal, que c'est bien ?
- Nous sommes deux à présent, à le porter dans nos cœurs et il ne sera jamais bien loin de nous. Je ne suis pas psychologue mais il me semble normal que tu refasses ta vie sans lui bien que tu continues à porter son souvenir, que tu aies de nouvelles joies et malheureusement des peines, que tu aimes à nouveau, différemment, bien qu'il ne soit plus là. Je n'ai pas eu la chance de connaitre notre fils, mais il m'habite moi aussi et je fantasme sur tout ce que nous aurions pu faire ensemble, dans d'autres circonstances…

Regarde devant toi maintenant, tu as une opportunité de travail intéressante et nous nous sommes retrouvés, donne-nous une chance d'être enfin heureux.

Si tu le veux, j'aimerais que nous allions en Bretagne un prochain week-end. J'ai besoin d'aller sur sa tombe avec toi et peut être de marcher un bout de chemin pour le quitter avec toi, ensemble cette fois.

- Pour un nouveau départ symbolique ?

- Exactement, pour boucler la boucle.
- Dis-moi, lorsque tu en auras la disponibilité. Je suis partante.
- Merci Albane. Dors bien, à demain.

Le lendemain, Pierre lui apprit qu'elle était convoquée le vendredi à dix heures parce que ce recrutement urgeait et qu'elle n'aurait pas trop le temps de s'y adapter avant de plonger dans la réalité de son emploi.

Elle réfléchit à cet entretien puis se précipita sur internet pour vérifier qu'effectivement, elle détenait les compétences nécessaires à transmettre des informations écrites ou orales ainsi que celle de manager une équipe. Elle espère simplement qu'elle n'aura pas trop vite à travailler avec des journalistes retors et bénéficiera de temps pour préparer ses interventions car elle doit parfaire sa connaissance de l'entreprise. Elle devra aussi donner au jury de sélection des éléments éclairants sur sa personnalité. Là, elle réfléchit sur ce qui avait été la colonne vertébrale de sa vie et des choix qu'elle avait dû faire les dernières années et qu'elle assume complètement.
Elle plongea enfin dans son placard et pour avoir l'air sérieux et compétent tout en restant élégante mais pas trop, elle choisit un tailleur pantalon

qu'elle avait peu porté, acheté avec France. Il est de coupe classique, dans un gris moyen tirant sur le bleu et le chemisier à col officier est bleu plus foncé, hésitant entre le bleu roi et le bleu marine. Les couleurs s'harmonisent bien ensemble. Elle sortit les cintres, vérifia le repassage et s'aperçut que l'heure du diner était déjà passée.

Elle appela France qui répondit aussitôt :
- Je viens de quitter Marc, il était en entrainement jusqu'à présent. Il aimerait venir un week-end mais ce serait de la folie, il serait crevé au retour et cela risquerait de lui porter préjudice. J'ai refusé qu'il prenne ce risque et depuis il se fait des nœuds au cerveau et craint que je voie quelqu'un d'autre. Comment faire pour le calmer et lui faire comprendre qu'il se trompe, à part lui flanquer un grand coup de balai sur la tête ?
- Prends deux ou trois jours de congés pour prolonger un week-end et va le voir, si au retour tu dors au bureau, tu feras rigoler tes amis avocats mais c'est tout, ta mamie ne te licenciera pas parce que tu es fatiguée à cause de trop d'amour !
- Bien sûr, pourquoi n'y ai-je pas pensé toute seule ? Heureusement que tu es là.
- Dis, penses à moi demain matin, je serai sur le grill à partir de dix heures.

A nul autre pareil

- Oh, Mamie ne m'a rien dit, elle devait pourtant le savoir !
- Tu sais que qui se passe chez Armand, reste chez Armand et peut-être y aura-t-il ton beau-père ?
- Je ne sais rien, dors tranquillement et prend une petite pilule si tu es trop agitée, et dis-toi que si cela ne marchait pas cette fois, tu auras d'autres pistes à creuser.

7

Le lendemain, Albane se rendit en taxi au siège de l'entreprise où elle est convoquée. Elle avait bien dormi et se sentait plutôt sûre d'elle dans son costume gris élégant. Elle avait natté ses cheveux en une longue tresse avant de la rouler en un chignon bas. Ses traits ainsi dégagés paraissaient encore plus fins. Elle était discrètement maquillée et se sentait bien, à l'aise avec son image. Elle savait qu'elle verrait Pierre sans peut être pouvoir l'approcher alors qu'elle lui rendrait bien son baiser. Elle ignore si son cerveau a travaillé à son insu pendant la nuit, mais ses propos ont fait leur chemin et elle se sent prête à passer à autre chose, à commencer une nouvelle vie et si elle se faisait avec Pierre, elle en serait enchantée parce qu'elle admet se sentir merveilleusement bien avec lui. Elle reconnait l'aimer beaucoup plus qu'elle l'imaginait, en conséquence, elle en éprouve une certaine crainte et pense aux risques qu'elle devra affronter, même si elle n'y croit pas trop, celui de voir ses espoirs s'écrouler, la médisance des envieux, sa confiance bafouée...

A nul autre pareil

Elle a réfléchi aussi à ce qu'elle devait dire à propos du choix de ses études, elle est au clair avec ses motivations et les contraintes auxquelles elle avait dû faire face. Elle voudrait essayer de devancer les questions embarrassantes. Elle aurait aimé le dire ce matin à Pierre afin de lui éviter les mauvaises surprises, mais elle n'avait pas osé l'appeler afin de ne pas le troubler avant la réunion.

Le taxi la déposa devant l'immeuble Armand et elle se présenta à l'accueil, comme un candidat ordinaire.
Jeanne, la responsable des RH vint la chercher avec un chaleureux sourire et après une phrase d'accueil la conduisit dans une salle de réunion où commencèrent à arriver quelques personnes qu'elle ne connaissait pas, dont le directeur du service communication auquel elle serait subordonnée qui vint la saluer l'air sérieux et fermé. Elles furent suivies par d'autres plus familières, le directeur du pôle juridique qui lui adressa un sourire et un geste de la main et enfin, Pierre et les Armand. Pierre, impressionnant de charisme dans son costume foncé, la mine sérieuse. Il évita de l'approcher mais la salua d'un geste de la tête, tout en continuant de bavarder avec Jeanne des RH qui l'avait intercepté.

« Elle est tellement belle, je ne peux pas m'approcher sans la prendre dans mes bras et j'ai tant envie de leur dire à tous qu'elle est à moi ! » pensait-il tout en écoutant Jeanne discuter du CV impeccable d'Albane.
« Albane l'ignore mais elle a une alliée convaincue de son potentiel. »
Monsieur et Madame Armand lui donnèrent un chaleureux baiser sur la joue tandis que leur fils Patrick, le PDG, lui serra sans rien dire, le haut du bras en signe de connivence ou de soutien.
« Je ne le connais pas vraiment et ne sais trop comment interpréter son geste amical. Disons qu'il est favorable à ma candidature, autrement j'imagine qu'il aurait trouvé le moyen de me faire connaitre son opposition et ne m'aurait pas laissée arriver jusque-là. » se dit-elle.

Enfin, le groupe fut au complet, tout le monde prit place et le silence s'installa pendant que la tension s'emparait d'Albane.
-       Bien, votre CV a été distribué à chacun de nous. Je suis heureux de vous voir ici aujourd'hui Albane, déclara Patrick le PDG. Vous avez longtemps hésité à accepter de poser votre candidature et vous vous êtes enfin décidée. Tous ceux qui parmi nous vous connaissent en sont enchantés. Pour les quelques personnes qui ne

savent pas qui vous êtes, pouvez-vous vous présenter ?

Albane respire, au pied du mur elle a retrouvé son calme et elle est au clair avec elle-même aussi se lance-t-elle :
- Merci mesdames et messieurs de me recevoir aujourd'hui. Je connais effectivement un peu certains d'entre vous parce que mon amie d'enfance, France a été embauchée comme avocate par le service juridique il y a quelques années. Lorsque je venais parfois chercher France pour déjeuner, il m'était donc arrivé de rencontrer certains des sympathiques juristes du pôle. Le temps est passé ; j'ai donc aujourd'hui trente ans et je vais essayer de répondre à votre question, qui suis-je aujourd'hui ?
Elle fait une pause, hésitante, observe ses mains croisées devant elle et relève les yeux, regardant en face ses interlocuteurs.
- Je ne peux répondre à cette question sans vous communiquer quelques données personnelles qui ont construit ma personnalité et déterminé mes choix entre mes vingt et trente ans. A l'âge de vingt ans, titulaire d'une licence de lettres que j'avais obtenue très jeune, j'ai été reçue au concours du capes et j'étais inscrite pour préparer l'agrégation de lettres classiques. J'ai appris, à

l'automne de cette année-là, que j'étais enceinte et j'ai accouché d'un petit garçon qui présentait une grave malformation cardiaque congénitale, détectée au début de la gestation. J'ai dû faire des choix parce que j'étais seule à assumer la naissance d'un bébé porteur d'un handicap potentiellement mortel. J'étais professeur stagiaire et pour bénéficier des aménagements d'horaires qui me faciliteraient la garde de mon bébé chez moi, après l'agrégation, j'ai préparé un doctorat que j'ai assez vite obtenu. J'avais appris bien avant sa naissance, que mon fils pourrait me quitter s'il n'atteignait pas un âge qui permettrait une opération salvatrice, aussi lui ai-je consacré la majeure partie de mon temps, soutenue par France et sa maman qui étaient très présentes à mes côtés.

A l'âge de six ans, mon petit garçon se portait apparemment aussi bien que possible et était un enfant facétieux, très joyeux et précoce au point de nous faire oublier qu'il était malade. Il s'est endormi un soir, heureux de sa journée, bien que fatigué par sa séance de piscine, pour ne plus se réveiller.

A l'âge de 26 ans, ce fut une expérience terrible à vivre et j'ai sombré dans une dépression qui a été traitée et dont je suis sortie avec l'aide de France et de sa maman et de celle d'une psychologue que je ne vois plus maintenant.

Monsieur et madame Armand m'ont proposé de candidater à ce poste sans connaitre ces détails de ma vie privée et il est vrai que j'ai beaucoup hésité, essentiellement parce que j'ai noué des amitiés avec certains employés du groupe, des amis de France et parce que je ne voulais pas que la bienveillance de madame et messieurs Armand, soit un sujet de commérages et que ces rumeurs néfastes nuisent éventuellement à la carrière de mon amie.

Un silence de plomb accueillit sa présentation. Madame Armand a les yeux brillants, son mari et son fils sont imperméables et un peu raides. Pierre a l'air ailleurs, certains sourient vaguement, d'autres sont inexpressifs au point qu'elle ne sait plus si elle a bien fait d'être aussi claire.
- Qu'est-ce qui peut garantir notre entreprise que vous ne rechuterez pas ? demanda un homme qu'elle n'identifia pas.
- Rien ne garantit jamais qu'une personne ne fasse pas un jour une dépression pour des raisons personnelles ou liées au monde du travail. Pour ma part, j'en reconnaitrais les signes avant-coureurs si cela m'arrivait de sombrer à nouveau. Je suis également plus entourée que je l'étais, je suis plus âgée, plus solide et les circonstances ne seraient

pas les mêmes. J'ose penser que la perte d'un enfant suffit pour une vie de maman.
- Vous êtes célibataire...
- Effectivement, jusqu'à la mort de mon fils, mes journées n'avaient que 24 heures. Je n'ai pas eu le loisir de me consacrer à quoi que ce soit d'autre qu'à mon petit garçon, à mes études et à mon travail d'enseignante et après sa mort, il a fallu que je recouvre la santé et reconstruise ma vie autrement, sans lui et ce fut très difficile.

La directrice des ressources humaines fait remarquer à l'assemblée que les questions concernant la vie privée ou la religion des candidats ne peuvent pas être abordés lors d'un entretien de ce type...
- Madame, excusez-moi, la question qui m'était posée était qui suis-je ? C'est moi qui ai pensé qu'il était nécessaire que je porte à la connaissance de ce comité ces détails privés parce qu'ils m'ont construite pendant ces dix dernières années. J'ai fait seule et sans subir de pressions, le choix de mener cette maternité à son terme, en toute connaissance des risques encourus parce que j'aimais cet enfant et ce qui avait présidé à sa conception inattendue. J'en ai subi les conséquences, cependant, même si j'ai beaucoup pleuré, j'ai trouvé du bonheur avec mon fils et je

suis enrichie d'une certaine façon par cette expérience que je ne souhaite toutefois à personne. Pour préciser mon CV, sur un plan technique, je pense manier correctement les subtilités de notre langue écrite et orale et j'ai une bonne connaissance de l'anglais et de l'espagnol, mon expression verbale du russe est encore à travailler.
- Quels sont aujourd'hui vos centres d'intérêt ?
- Je marche, je lis beaucoup et je rencontre aussi souvent que possible mon amie et sa maman.
- Que lisez-vous en ce moment ?
- J'ai une formation classique, j'aime beaucoup la maïeutique de Socrate, j'ai l'impression de trouver quelque chose de nouveau à chaque fois que je le lis, ainsi que les traités sur l'éthique d'Aristote.
De plus contemporain, pour me détendre, je suis attirée par les polars même s'ils sont oubliés dès qu'ils ont été lus.
- Vous n'avez jamais encadré de personnel.
- C'est vrai mais j'ai encadré des groupes de travail d'étudiants qu'il fallait motiver et quelquefois réprimander. Je ne pense pas m'en être mal sortie.
- Quelles sont les qualités d'un chef de service d'après vous ?
- Le calme, le respect, fournir des explications claires, soutenir les individus comme le groupe, ne

pas leur demander de faire ce que je ne ferais pas moi-même, la responsabilité. J'en oublie sans doute.

Le groupe est silencieux et les regards se dirigent vers Patrick, le PDG et Pierre le DG.
- Albane, vous avez été transparente. Nous allons parler de votre candidature entre nous. Vous savez qu'il faudrait intégrer l'entreprise très vite et que vous auriez trois mois d'essai avant que votre contrat soit définitif. Si vous étiez retenue, Jeanne vous remettrait rapidement les conditions salariales, etc…
Merci d'être venue nous rencontrer et d'avoir été aussi claire. Bien entendu, les éléments d'ordre privé que vous avez divulgués ne seront pas rapportés à nos collaborateurs, nous sommes bien tous d'accord sur ce point. A bientôt ma chère.

Albane se leva, adressa un sourire à Madame Armand, salua l'assemblée et sortit. Elle eut l'impression d'être passée sous un rouleau compresseur, elle se sentait vide, écrabouillée après avoir joué la carte de la transparence et tout à coup, elle se mit à douter de sa prestation, d'autant plus que Pierre lui avait paru aussi tendu qu'imperméable.

Dès que la porte fut refermée, le groupe se regarda, muet, personne n'osant rompre le silence qui s'était installé, enfin le responsable du pôle juridique jusque-là silencieux et songeur, leva la main.

-	Je connais Albane depuis que France a été embauchée, il y a cinq ou six ans et nous avons la chance de la voir régulièrement. Je savais qu'elle enseignait à la fac mais je n'avais jamais imaginé une histoire pareille ! Je vous assure que rien de ce qu'elle vivait n'avait filtré ! Elle était toujours souriante avec un fond de tristesse que je prenais pour une inexplicable timidité parce que c'est un esprit brillant. Je suis retourné par sa dignité et sa force, elle n'a rien montré lorsqu'elle a perdu son fils ou était en deuil et France ne nous avait pas prévenus et je le regrette, peut être aurions-nous pu la soutenir ? Elle a donné le change et se révèle à la hauteur de la réputation qu'elle détient dans mon service. Elle est plus solide qu'on pourrait le croire, je vote pour sans hésitation.

Les membres se levèrent et discutèrent entre eux. Madame Armand s'approcha de Pierre, seul, les mains dans ses poches de son pantalon, à contempler le mur aveugle de l'immeuble d'en face par la baie vitrée de la pièce.

-	Pierre, vous m'avez dit qu'il y a dix ans... C'était elle ? Mon Dieu, que de souffrances cette jeune femme a dû endurer, j'en ai eu mal pour elle et la maman de France m'avait tu tout cela ! Elle a deux alliées discrètes et fidèles, mais vous, j'espère que vous n'avez pas appris ces événements juste maintenant. Comment allez-vous ?

- Je l'avais perdue de vue comme je vous l'ai expliqué mais j'étais amoureux d'elle et je le suis toujours. Elle n'avait pas pu m'informer de cette maternité et a tout supporté seule, pour elle la vie même éphémère a de la valeur. Elle m'a parlé de Pierrick et m'a remis un album. Ce n'est pas comme si j'avais connu mon fils mais cela crée un lien. J'espère reconstruire quelque chose de fort avec Albane. Je me sens tellement mal quand je l'imagine décider seule de ne pas avorter, affronter la maladie et la mort, se battre pendant six ans pour tenter d'éviter l'échéance fatale. Comment ne pas s'effondrer quand la vie de notre fils, qui sous tendait son existence, est partie ?

- Pensez-vous qu'elle tiendra le poste ?

- Oui, elle est intelligente et très fine, je sais qu'elle fera le job et je l'aiderai, Je vous le dis à vous et en privé, pour moi, elle est ma femme depuis dix ans et je suis très heureux de l'avoir retrouvée. Le reste est à reconstruire…

- Courage mon ami, elle est encore plus admirable que je le pressentais au travers des remarques de France mais quelle affreuse histoire elle a supporté si jeune !

Le groupe passa aux votes anonymes ; avec une majorité en sa faveur, Albane était embauchée.
Madame Armand, très satisfaite, annonça qu'elle allait l'informer de cette bonne nouvelle coupant l'herbe sous le pied de Jeanne des RH ravie de ce recrutement.

Les épaules basses parce qu'il avait souffert pendant cet entretien, Pierre regagna son bureau. Il se sentait minable mais qu'aurait-il pu faire de plus que la rechercher ? Parti de chez ses parents sur un coup de tête après une violente altercation avec son père, après avoir longtemps roulé sans but, fatigué, il avait laissé sa voiture sur un parking et les mains dans les poches, s'était éloigné pour une balade lorsqu'ils s'étaient rencontrés et que l'abondante pluie les avait surpris. Peut-être à cause de l'électricité dans l'air ou d'un tour d'il ne sait quelle magie, l'attirance entre eux avait été immédiate, fulgurante et surréaliste. Elle disait être protégée et ils étaient fous de désir l'un pour l'autre, ils n'étaient jamais rassasiés, oublieux de tout ce qui n'était pas eux, mais le temps passait et ils avaient une échéance, acceptée par les deux parties.

A nul autre pareil

Des fous d'Amour, oublieux de tout ce qui n'était pas leur désir partagé, pendant dix jours.

Arrivé non loin de son bureau, il ferma les yeux et sentit sa présence, son parfum.
« Albane s'est récemment tenue ici » pensa-t-il en ouvrant son bureau.

Elle est là, assise face à la baie vitrée à l'attendre.
- Ma chérie, gémit-il.
- Pierre, comment vas-tu, es-tu malade ? Tu étais tellement pâle et tu n'as pas prononcé un mot, je me suis inquiétée. Dit-elle en se levant pour aller à sa rencontre.
Il la prit dans ses bras et laissa la violence de ses sentiments s'exprimer. Il avait besoin de toucher sa peau, de s'imbiber de son parfum et d'être marqué par elle. Enserrée dans une étreinte ferme, elle se laissa aller et alors que les lèvres de Pierre planaient à quelques centimètres des siennes, elle revit avec une grande émotion, chaque détail de son visage, la barbe de trois jours qu'il entretient, le feu intense de ses yeux clairs, ses joues légèrement rougies et la courbe humide de ses lèvres. Elle nota aussi les signes visibles du temps dans les petites rides qui griffaient ses yeux et reconnut derrière celle de son après rasage, l'odeur de sa peau qu'elle n'avait pas oubliée.

A nul autre pareil

Il l'embrassa enfin, leurs lèvres se cherchèrent, se trouvèrent et se dévorèrent. Ils se reconnurent et s'enflammèrent :
- Chérie, pas ici, viens chez moi, dit-il d'une voix rendue rauque par l'émotion.
- Pierre ... Ce n'est pas raisonnable.
- Je ne peux plus attendre, mon cœur, ça fait dix ans que je t'espère et je deviens fou. Vite partons.

Albane se rendit sans réfléchir davantage, ils s'enfuirent presque, ne prononçant plus un mot, pressés de s'enfermer en tête à tête, seuls à l'abri des regards.
Ils prirent sa voiture et très vite sans qu'un mot soit prononcé, ils se retrouvèrent chez lui, où imitant le petit poucet, ils semèrent sans réfléchir davantage, leurs vêtements sur le chemin de la chambre.

Dans leur bulle d'intimité et de bonheur retrouvé, ils n'entendirent pas les téléphones sonner, insister puis renoncer.
Ils se sont retrouvés et ils sont heureux, ensemble.

Lorsqu'ils émergèrent de leur cocon de plaisir, ils furent vite rattrapés par la vie réelle. Jeanne, Madame Armand, France, avaient essayé de joindre Albane.

L'assistante du DG avait maintes fois appelé son patron puis elle avait fini par renoncer.
- Que nous voulaient-ils ?
- Je n'ai pas de message, j'imagine « *qu'il n'y avait rien d'urgent mais que des gens pressés.* »
Ma chérie, reste avec moi ce soir. J'ai besoin de ta présence ! Là, en cet instant, j'ai envie de rire et de chanter, tu es plus efficace qu'une drogue euphorisante.
- D'accord, mais je vais tout de même appeler France, elle me dira ce qui ne va pas. Elle doit le savoir !

Il bougonna contre l'intrusion du monde extérieur dans leur intimité mais alla préparer des sandwichs et du café, lui laissant un peu d'espace.
- Albane où es-tu ? Comment vas-tu ? Tu as été embauchée, hormis un grincheux, tu les aurais époustouflés. Bravo ma chérie, veux-tu qu'on aille arroser ça ?
- Non merci, je… je suis occupée, pas ce soir.
- Occupée ? par quoi… Ne me dit pas que vous avez déjà remis le couvert !
- Déjà ? Cela fait dix ans que nous attendions un miracle. Il s'est produit et nous n'avons plus de temps à perdre. Sois contente pour nous au lieu de râler.

A nul autre pareil

- Je suis contente, préviens-moi quand tu seras redescendue de ton petit nuage ! Jeanne cherchait à te joindre, tu as un rendez-vous aux RH demain samedi à quatorze heures, pour une prise de poste lundi. C'est rapide et en dehors des heures ouvrables du bureau mais je crois qu'il y a une kyrielle de dossiers urgents à traiter. Elle m'a dit que tu avais été époustouflante et merveilleuse de sincérité et j'ai répondu que tu avais sans doute été toi, tout simplement.

Pierre revint la chercher et l'attira contre sa poitrine.
- Je te laisse France, merci, je t'embrasse. Puis elle raccrocha.
- Non, ma chérie, je suis jaloux, c'est moi que tu dois embrasser, j'ai tellement besoin de sentir ton amour, murmure-t-il dans ses cheveux, puis il l'entraina dans la cuisine en chantonnant une chanson de Michel Sardou « Je me souviens d'un adieu » :

> *Je m'souviens d'un adieu*
> *Qui a duré dix jours,...*
> *Je m'souviens d'un orage*
> *Qui nous avait surpris*
> *Et gardés en otage*
> *Jusqu'au bout de la pluie.*
> *Je m'souviens d'un hôtel*
> *Qui n'voulait pas de nous.*
> *Tu leur semblais trop belle*
> *J'avais l'air sans un sou.*

A nul autre pareil

- Elle a l'air écrite pour nous, murmura-t-elle en souriant.
- Notre histoire finira mieux, n'en doute pas mon cœur.

Ils dînèrent et se parlèrent avec le sentiment de rattraper un peu le temps passé.

A nul autre pareil

8

Le samedi après-midi, c'est une Albane rayonnante qui alla rencontrer Jeanne afin de se faire expliquer son contrat. Elle promit de le rapporter au secrétariat signé lundi matin et d'être à huit heures trente au bureau du responsable de la communication dont dépendra son petit service des Relations Publiques.

Elle décortiqua le dossier avec l'aide de France et de Pierre car elle n'avait jamais signé un document de ce genre et s'enthousiasma pour les missions de Relations Publiques qui ne lui semblèrent pas hors de son champ de compétences.
Elle devra toutefois se familiariser très vite avec le fonctionnement de l'entreprise.

Les trois amis dinèrent ensemble chez France qui leur déclara avoir pris le vendredi et le lundi afin

A nul autre pareil

d'aller faire un tour à New York pour rencontrer un des « Jets » qui s'ennuyait de Paris.

- Marc est prévenu ? Tu ne peux pas arriver et lui faire une surprise parce qu'il a toutes les chances d'être en déplacement ou en entrainement avec son équipe, je ne sais où.

- C'est prévu et son coach a donné son accord parce que le championnat n'a pas encore commencé. Après, nous aurons à attendre au moins trois mois avant de pouvoir renouveler l'expérience.

- J'étais, à ce qu'il s'est dit, surnommé « le moine » dans ma précédente boite mais Marc n'est pas mon ami pour rien, dit-il avec une hésitation évidente. Après une courte période un peu débridée, surtout grisé par son premier contrat avec plein de zéros, l'argent facile et les filles provocantes qui grouillaient autour de lui, Marc s'est désintéressé du superficiel pour ne plus se consacrer qu'à son boulot. Il l'a exécuté avec sérieux puisqu'il a été nommé capitaine de l'équipe avec d'énormes responsabilités. Sans doute la frustration l'a-t-elle aidé à courir plus vite ?

- Tu parles de frustration sexuelle ?

- Pas seulement mais lorsque tu ne peux pas assouvir tes pulsions primaires il faut les annihiler en fournissant des efforts de volonté qui les écrasent littéralement. Ces efforts sont physiques

et mentaux ; moi, j'ai travaillé jusqu'à m'effondrer afin de ne plus sentir ou penser à ce qui était devenu une souffrance permanente, l'absence d'Albane, et j'ignore comment j'ai tenu. C'était mon jardin secret et je ne pouvais en parler à personne.
Il fait une petite pause pour se reprendre.
Nous avons tous les deux expérimenté le « jusqu'au boutisme » pour des raisons différentes. Je m'efforçais de retrouver celle que je considérais comme ma femme, sans y parvenir et sans pouvoir imaginer renoncer, Marc lui, était en quête du Saint Graal. Il avait besoin d'un objectif dans sa vie et peut être en a-t-il une idée plus précise à présent.
- C'est une sacrée responsabilité que tu fais peser sur mes épaules, remarqua France.
- Je ne l'ignore pas, je t'en fais part afin que tu ne prennes pas les propositions de Marc à la légère.
- Il n'y a rien de léger là-dedans, ça pue l'engagement or nous nous connaissons à peine. Il va trop vite, se lamenta France.
- Je préfère te prévenir, Marc ne fait rien sans l'avoir réfléchi avant de le décider. A toi de savoir qu'elles sont tes aspirations et pourquoi. Ne te déplace pas à New York si tu n'es pas sûre de toi. Il te l'avait dit en te déléguant la responsabilité de trouver un appartement alors qu'il aurait pu sans souci mandater une agence.

- Je ne sais pas si j'ai envie de m'engager avec un mec qui se trouve à des milliers de kilomètres, sur un autre continent pour encore quatre mois.
- A toi de gérer les avantages et les inconvénients, tes désirs et ce qu'il te propose. En postulat de départ, tu sais que c'est une valeur sûre mais j'ignore quelles sont tes attentes et tes fantasmes.

Si je faisais un parallèle avec mes sentiments pour Albane, après notre séparation j'ai toujours ressenti un vide, un manque, une absence qu'elle seule pouvait combler et je l'ai recherchée jusqu'à ce que j'aie la chance d'enfin la retrouver. Je dirais que cette quête relevait de mes besoins primaires. J'avais un toit et du boulot qui n'étaient pas importants pour moi en revanche, ma sécurité affective, c'est Albane qui la détenait et elle conservait la clef. J'ai compensé ce manque dans la sphère professionnelle mais je commence seulement à rétablir mon équilibre et à me sentir complet. En conséquence, mon métier va reprendre sa place peu à peu, il est important pour moi mais il n'est pas le plus important. Je veux croire aussi qu'en cas de difficultés, ma femme me soutiendrait aussi fort qu'elle le pourrait si c'était nécessaire parce que mon amour pour elle est immense et inconditionnel et je lui ai dit.

A nul autre pareil

Emue de l'avoir entendu autant s'exposer, lui qui est pudique, Albane se leva. Elle enlaça Pierre par derrière et nicha son visage dans son cou.
- Pierre, je t'aime n'en doute pas, toi aussi tu es tout pour moi, murmura-t-elle.
- Je ne doute pas de toi, Albane, je redoute l'environnement, les circonstances, les jaloux, tous ceux qui chercheront à m'affaiblir et qui découvriront mon talon d'Achille.
- N'est-ce pas le lot de tous les patrons de susciter des envies ? répond-elle le nez dans son cou.
- Sans doute et chacun fait face comme il le peut, certains ont des vies privées très privées, d'autres font bloc avec leur conjoint à deux contre le monde entier, quand d'autres affichent des liaisons tapageuses avec des femmes souvent trop jeunes, auprès desquelles ils ne s'engagent pas ou très peu afin de ne pas être touchés par les inévitables ruptures. La personnalité intervient mais aussi parfois des renoncements, des compromis avec soi-même pour donner le change et donner aux autres l'impression d'avoir une vie de rêve à défaut de celle dont ils rêvaient…
Il est certain que j'imagine notre couple comme celui des Armand, inébranlable quelles que soient les tempêtes traversées, un couple qui dispense aussi beaucoup de bienveillance autour de lui.

A nul autre pareil

- Tu m'as donné du grain à moudre, Pierre. Je dois penser à tout cela mais j'ai en même temps très envie d'aller visiter la « grosse pomme ». Ce serait une occasion pour moi d'approcher un univers dont j'ignore tout et puis ces choses-là doivent se réfléchir à deux. Avoir des objectifs communs, ça peut aider à passer les caps plus compliqués. Déclara France, l'œil brillant.
- Nous allons rentrer. Ne cogite pas trop ! Et donne de tes nouvelles ! répondit en riant Albane.

France regarda par la fenêtre, le couple enlacé s'éloigner.
« J'ignore qui je dois remercier mais je suis très heureuse qu'Albane ait retrouvé son merveilleux sourire, il m'avait manqué et je ne l'espérais plus. » Se dit-elle en contemplant son amie avec un peu d'envie.
« Est-ce que j'aurai la chance de rencontrer un homme qui me rendra aussi heureuse qu'elle l'est ? Marc serait-il cet homme ? Pierre en a peint un beau portrait, de quoi donner envie de gratter sous la surface de cette belle tronche de brute rigolarde… »

Pendant que France réfléchissait, Pierre et Albane se séparaient car le lendemain, ils devront être à huit heures trente au bureau.

- Ma chérie, prend tes marques mais n'oublie pas que tu me dois un week-end breton. J'aimerais aller assez vite sur la tombe de Pierrick.
- J'aimerais aussi y aller mais Jeanne m'a dit que je serai très occupée les prochaines semaines.
- Sans doute mais pour bien travailler, nous devons nous ménager des temps de repos et faire autre chose que plonger le nez dans des papiers poussiéreux, aussi autant prendre un bon pli dès demain et ne pas trop dépasser les horaires. Nous ne sommes plus seuls et nous devons nous occuper l'un de l'autre.
- Bien chef ! Je te dis à demain matin.
- A demain ma chérie, tu me manques déjà.

Le lendemain matin, Jeanne des RH lui fit faire le tour de l'entreprise et la présenta aux chefs de services qu'elle n'avait pas encore rencontrés. La matinée passa vite et l'après-midi fut consacré à traiter deux dossiers urgents, avec le service de communication. Elle avait bien compris le message à faire passer et pour gagner du temps, rédigea elle-même les deux communiqués à faire paraitre dans les journaux dès que les articles auront été validés par Pierre.

La semaine passa vite, le vendredi à dix-huit heures, elle envoya ses papiers à l'assistante de

A nul autre pareil

Pierre et s'apprêtait à partir quand elle reçut un texto.
« *Bien reçu tes docs mais il est l'heure de rentrer t'occuper de ton homme. As-tu pensé à prendre un sac ? Dépêche-toi, j'attends !* »

Pleine d'impatience, elle rentra chez elle, récupéra le sac qu'elle avait préparé pour le week-end et fermait sa porte quand son téléphone se mit à sonner. Elle le sortit de son sac bien que la sonnerie soit interrompue et reconnu non sans un pincement au cœur le numéro de sa mère.

Elle rangea son appareil, un sourire amer aux lèvres en se disant qu'après dix ans, il était étonnant qu'elle soit appelée et pensa à une erreur de numérotation, d'autant plus qu'aucun signal n'annonça un message entrant.

Elle parvint à garer sa voiture non loin de l'immeuble de Pierre et se dirigea allègrement vers son appartement.

Pierre l'attendait impatiemment et l'enlaça avant de l'embrasser comme un affamé.
- Ma chérie, toutes ces heures sans toi, sont une torture. Donne-moi ton bagage, c'est tout ce que tu as apporté ?

- Pierre pour le week-end, je n'ai pas besoin de grand-chose. Zut, mon téléphone sonne à nouveau. C'est étrange mais c'est ma mère qui m'appelle pour la troisième fois ce soir, après un silence de dix années. Excuse-moi, mais cela ne peut plus être une erreur de numérotation, je dois rappeler.

Elle appela pendant que Pierre apportait le sac dans sa chambre.
C'est ainsi qu'elle apprit que son père avait eu un accident cardiaque et qu'il était hospitalisé dans un hôpital parisien.
- Que veux-tu que je fasse maman ?
- Tu n'as rien à faire mais je te préviens pour le cas où tu voudrais le voir.
- Je pourrais y faire un saut demain, seras-tu sur place ?
- Ce soir, je resterai à l'hôtel tout près mais je ne pourrai pas m'y installer plusieurs jours et ton père ne sortira sans doute pas tout de suite.
- Bien je réfléchis à tout cela, courage maman.
- Que se passe-t-il ?
- C'était ma mère, elle a appelé après dix ans de silence pour m'informer que mon père avait fait un accident cardiaque et qu'elle ne pourrait pas rester à l'hôtel le temps de son hospitalisation. Je ne sais pas comment comprendre son appel,

voulait-elle me faire savoir que mon père est malade ou espérait-elle que je l'hébergerais ? Elle n'a formulé aucune demande.

- Ma chérie, si tu veux, allons chercher tes vêtements et ce dont tu pourrais avoir besoin pendant quelques jours et viens t'installer ici. Ainsi, tu pourrais proposer à ta mère d'occuper ton appartement le temps de l'hospitalisation de ton père. Vous ne vous verriez que de façon brève et je serais heureux de ne t'avoir que pour moi pendant quelques jours. Qu'en penses-tu ?
- Je devrai aller à l'hôpital demain, je déteste cet endroit, il me rappelle de bien mauvais moments. Merci pour ton offre.
- Tu ne seras pas seule ma chérie, je serai avec toi et si je dois affronter madame mère, je le ferai…
- Tu ignores dans quoi tu t'engages ! Plus rigide ne se trouve plus. Je vais la rappeler pour lui faire une proposition.

Albane rappela sa mère et Pierre l'entendit parlementer, jusqu'à ce qu'elle dise sèchement :
- Maman, je t'interdis de parler de mon fils comme d'un bâtard, il a un père et je me trouve avec lui, chez lui, en ce moment même et c'est lui qui a eu l'idée de te prêter l'appartement. En plus tu l'ignores mais notre fils est mort depuis quatre ans

A nul autre pareil

et nous le pleurons toujours. Donc veux-tu habiter chez moi quelques jours ou pas ?
- ....
- J'irai chercher mes affaires demain matin et laisserai les clefs et l'adresse à l'infirmière qui s'occupe de papa, autant limiter les contacts si c'est ce que tu préfères.

Puis elle raccrocha.
- Malgré tout ce temps passé, elle campe sur ses positions. Je me suis mal conduite et je suis la honte de leur vie, en revanche si je pouvais les aider, ce serait bien pour eux.
- Ma chérie, ils se punissent eux-mêmes en te tenant loin d'eux. Pendant dix ans tu n'as pas eu besoin d'eux alors que le contraire n'est pas prouvé et ils doivent en être fort dépités.
Vois-tu, cette affaire me rend service, je récupère ma femme plus vite que je l'avais prévu et je ne vais certainement pas m'en plaindre ! Vois le côté positif, la crise cardiaque de ton père nous a réuni plus vite qu'on l'espérait.

Le téléphone sonna encore :
- Encore ma mère ! Elle compense ses dix ans de silence !
- Donne-moi ton appareil, je vais répondre... Bonsoir madame, Pierre à l'appareil, je croyais que tout était convenu entre votre fille et vous.

A nul autre pareil

- Pourquoi a-t-elle besoin d'un appartement si vous êtes le père de son fils et pourquoi ne nous a-t-elle pas prévenu que l'enfant n'était plus là ?
- Chère madame, nous ne sommes pas assez intimes vous et moi, pour que je réponde à vos questions et en ne soutenant pas votre fille lorsqu'elle en a eu besoin, vous avez perdu le droit de les lui poser. Albane est une femme merveilleuse, très courageuse, elle a des amis qui l'aiment et elle fait sa vie avec eux et moi ; par votre comportement, vous vous êtes exclus tout seuls. Ce soir, votre époux a besoin de vous et pour rester près de lui vous avez besoin d'un hébergement. Votre fille propose son appartement, c'est à prendre ou à laisser mais elle ne vous doit rien et l'aide qu'elle vous accorde ce soir, ne vous donne pas le droit de la harceler de questions dont les réponses ne vous concernent plus depuis longtemps. Dix ans sont passés madame, pas dix jours.

Puis il raccrocha doucement et constata l'émotion d'Albane.
- Ma chérie, il fallait que ce soit dit ! Tu n'es plus une victime de leur sottise et personne ne s'attaquera à ma femme sans subir les foudres de ma colère.
- J'imaginais sa tête ! Mon chéri, tu m'as fait un bien fou ! D'une certaine façon, tu as effacé la

culpabilité que je ressentais à leur égard depuis qu'ils m'ont dit que je n'étais plus leur fille parce que j'attendais Pierrick en n'étant pas mariée. Ils ignorent tout de toi et de nous et n'ont jamais cherché à me recontacter jusqu'à aujourd'hui.

- Oublie, mes parents étaient très raides eux aussi et je me suis battu pour rester indépendant. Lorsque nous nous sommes rencontrés, je les avais quittés sur une dispute. Je rentrais de trois années aux Etats-Unis et ils voulaient que je réintègre la maison et prenne un poste d'ingénieur au sein de la société dont mon père était le propriétaire principal. Or je ne voulais pas passer des années sous sa férule, je voulais tenter ma chance seul comme un grand. Lorsque je t'ai perdue, j'ai essayé de travailler pour lui parce que si d'un point de vue professionnel je végétais, j'arrivais à dégager du temps pour te rechercher. Plusieurs années après, voyant que je restais célibataire sans petite amie et que je méritais ma réputation de moine, mes parents ont alors eu l'idée de lancer l'idée d'un mariage avec la fille de leurs amis, héritière de ses parents, plus âgée que moi et la pauvre femme n'avait vraiment rien pour me tenter. En constatant que je n'arriverais pas à faire entendre mon opposition à cette alliance, j'ai démissionné et je suis venu à Paris chercher fortune. Bien m'en a pris car les Armand m'ont rapidement embauché et j'ai eu le bonheur de te retrouver.

Tout cela pour te dire que je comprends ce que tu vis avec tes parents, cependant les miens ne m'ont pas mis à la porte, même si j'avais l'ultimatum de devoir rapidement me marier. J'ai pris seul la décision de partir et je n'avais pas besoin d'eux. De ce fait, cette séparation ne fut pas aussi violente pour moi que pour toi et elle ne procédait pas d'un rejet affectif.

- Bon, nous sommes donc seuls contre nos parents ! Je suis fille unique et toi ?
- Moi aussi, c'est pourquoi ils s'inquiétaient tant pour leur descendance et espéraient me transmettre l'entreprise mais j'aurais eu une longue barbe blanche avant d'arriver à un poste de direction. Je suis bien mieux là où je suis et je m'entends bien avec les Armand.

Ils continuèrent d'échanger un moment sur leurs situations respectives et la manière dont ils en ont souffert avant d'éteindre les lumières.

« Aujourd'hui, je ne souffre plus de la distance prise par mes parents, c'est un fait qui découle peut-être de la résignation mais aussi de la maturité. J'ai dû grandir pendant ces dix années et j'ai trouvé des appuis solides librement consentis chez Anne et

A nul autre pareil

France et maintenant avec Pierre. Je ne suis pas seule et je suis entourée de gens aimants. »

Albane s'endormit avec un sourire sur cette prise de conscience, ce qui ne fut pas le cas de Pierre, torturé par l'attitude en retrait d'Albane. Il ne retrouvait pas tout à fait la jeune femme vive et spontanée d'il y a dix ans.
« Elle prétend m'aimer mais est-elle aussi sûre d'elle qu'elle le dit ? Et si après m'avoir rendu aussi heureux, je me retrouvais à nouveau seul sans elle ? »

Tant bien que mal, il se persuada qu'elle disait la vérité, il lui avait manqué mais s'occuper de Pierrick était devenu sa priorité et tous ses efforts tendaient vers ce but. Elle n'avait pas vécu son absence aussi difficilement que lui, elle s'était résignée pour faire face à sa vie de mère célibataire puis au deuil.
« A toi de lui démontrer qu'elle pourra s'appuyer sur toi quoi qu'il arrive. A toi de rétablir la confiance et l'espérance. »

9

Le lendemain, samedi, Pierre et Albane se rendirent à l'hôpital pour faire une visite au père de la jeune femme à condition qu'il soit en forme et qu'il accepte de les recevoir.

Dans le couloir, ils rencontrèrent une femme aux cheveux à peine veinés de gris, très belle mais la mine revêche.
- Maman ? Bonjour, comment va papa ?
- Aussi bien que possible. Que fais-tu là ?
- Je t'ai dit hier que nous viendrions. Je te présente Pierre, mon compagnon depuis dix ans.
- C'est lui le père de ton ba… bébé ?
- Oui c'est Pierre, il m'a retrouvée.
- Je ne pense pas que ton père aura envie de connaitre ton amant. Dans notre famille les filles présentent leur fiancé et se marient avant d'avoir un enfant.

A nul autre pareil

- Maman, nous sommes au 21ème siècle pas au 19ème, et il y a longtemps que j'ai renoncé à discuter. Comment se porte papa ?
- Pas si mal, il aura à se ménager. Je vais attendre qu'il sorte et je le ramènerai à la maison. Il ne sera pas nécessaire que j'aille chez toi.
- Très bien, papa a-t-il envie de me voir ?
- Il n'acceptera pas de rencontrer l'homme qui t'a détournée du droit chemin.
- Alors c'est très bien, portez-vous le mieux possible. Adieu.

Sur ces mots, elle entraina Pierre avec elle laissant sa mère seule au milieu du couloir vide.
- Mon dieu, comment peut-on être aussi fermé et obtus ? murmura-t-elle.

Pierre posa son bras sur ses épaules et l'attira contre lui.
- Chérie, tu tiens le coup ?
- Oui, ça ira. Tu te rends compte, cela faisait dix ans que nous ne nous étions pas vues. Pas un mot un peu chaleureux, rien… Et qu'ai-je fait pour mériter ça ? J'ai grandi et je me suis affranchie de leurs règles d'un autre temps et ils m'ont jetée à un moment où j'étais plus que vulnérable. Je pense qu'Anne la maman de France m'a donné plus d'affection que ma propre mère. Parfois, je pense qu'heureusement ils n'ont eu qu'un enfant.

Bien, que faisons-nous aujourd'hui pour nous amuser ?

-       Je propose quelques courses et un ciné après le déjeuner, et pour ce soir, nous trouverons bien à nous occuper ! Il suffit que je te regarde pour que des tas d'idées me viennent à l'esprit et puis, nous devons arrêter une date pour aller en Bretagne et il faudra trouver un moment pour aller jusqu'à Bordeaux, je voudrais que tu rencontres ma famille. Je pense que ce ne sera pas pire qu'aujourd'hui, des sourires sans doute coincés et un peu de soupe à la grimace, peut être essayeront ils d'évaluer le nombre de mondaines que tu as en portefeuille et la qualité de ton arbre généalogique mais rien n'est sûr. J'avais fait un peu de bruit en partant, peut-être cela a-t-il suffit.

-       Voilà qui ne me donne pas envie de me précipiter à Bordeaux, mais pour toi j'irai, prête pour la bagarre.

Ils firent ce qu'ils avaient projeté, le samedi et le dimanche passèrent vite entre calins,   rires   et promenades. Tous les deux sont heureux ensemble et cela se voit.

Le mardi matin, Albane reçu une visite éclair de France au bureau. Elle resta debout près de la porte à peine repoussée, la main sur la poignée.

- Je passe juste te dire que je suis de retour. Nous avons passé un super week-end et je dois trouver un appart de sorte à n'avoir qu'à signer l'achat au retour de Marc. J'adore cet homme et je suppose que tu devrais nous revoir ensemble. Je l'ai laissé courir après son ballon et nous allons devoir nous contenter du téléphone pendant trois longs mois, ce sera nettement moins marrant. Tu t'en sors ?
- Oui, j'ai revu ma mère et ça a duré trois minutes. Elle a refusé que je voie mon père hospitalisé parce que j'étais avec « mon amant ». Je l'ai laissée sur place sans regret, ta maman est pour moi une meilleure mère de substitution et Pierre et moi envisageons d'aller à Bordeaux pour rencontrer ses parents qui ont l'air pas mal dans leur genre eux aussi, mais je suis prête à le soutenir et à faire de la résistance. Ici, j'ai du boulot intéressant et je ne m'ennuie pas.
- Ok, si tout va bien, j'y vais, on s'appelle. Bisou.

Elle referma la porte et Albane avec un sourire, écouta le bruit des talons de son amie décroître rapidement dans le couloir.

Le soir après le diner, assis sur le canapé du salon, Pierre appela ses parents tout en tenant Albane contre lui pour se donner du courage.

- Papa, c'est moi, je voudrais venir le week-end prochain pour vous présenter une jeune femme à laquelle je tiens énormément.
- Envisages-tu de revenir t'installer ici ? Le bureau des ingénieurs a besoin d'une personne supplémentaire.
- Non, ici je suis DG d'une belle entreprise, je ne pourrais pas laisser mon PDG se débrouiller seul et vous n'arriveriez pas à vous aligner sur les conditions qui m'ont été proposées. Un ingénieur ça se trouve, si tu veux quelqu'un de compétent, il suffit de le rémunérer correctement.

Le père vitupère seul car Pierre a écarté l'appareil de son oreille et embrasse Albane.
- Il va se calmer, murmure-t-il à son oreille. Papa tu n'as pas répondu, voulez-vous rencontrer ma future épouse ? Je dois aussi vous dire quelque chose d'important. Albane a donné la vie à notre fils il y a dix ans, mais Pierrick était atteint d'une malformation cardiaque congénitale et il en est mort il y a quatre ans. Sa tombe est en Bretagne et ce sujet est très sensible pour nous.
- Quand pensez-vous vous marier ? Quand rencontrerons-nous sa famille ?
- Sa famille a rompu les ponts avec elle avant la naissance de Pierrick parce que nous n'étions pas mariés. Les dégâts sont irréparables en

revanche, la mère de son amie d'enfance, France, l'avait prise sous son aile et elle vient d'épouser mon PDG en secondes noces. Les trois femmes sont très proches. S'il devait y avoir mariage, ce sont eux qui remplaceraient ses parents.

-       Evidemment que vous devez vous marier, une liaison aussi ancienne, vous devez savoir que vos sentiments sont solides et songer à avoir un autre enfant avant d'être trop âgés. Pourquoi ne nous avais-tu pas dit que tu avais quelqu'un dans ta vie ?

-       C'est une longue histoire, je vais vous envoyer par mail les photos de Pierrick, pensez à lui dans vos prières. Je vous rappellerai dès que j'aurai une bonne vision de l'organisation de la charge de travail des prochaines semaines mais dans l'idéal, j'aimerais arriver vendredi soir tard pour repartir dimanche après-midi. Albane va s'organiser en ce sens de son côté.

-       Elle a fait quelques études ?

-       Oui, répond-il en riant légèrement, elle est agrégée et titulaire d'un doctorat, elle est très belle et a une tête bien faite et bien pleine et j'en suis très amoureux.

-       Au moins elle ne paraitra pas bécasse et saura peut-être se tenir en société.

-       Je vous laisse, à bientôt.

A nul autre pareil

Il raccroche avant d'éclater de rire :
- Ma chérie, j'espère que tu sauras te tenir en société, c'est très important !
- Ils veulent me rencontrer et n'ont rien dit de la naissance de Pierrick.
- Ils vont recevoir les photos et ne pourront pas mettre en doute ma paternité, Pierrick était mon clone. Ainsi, ils n'auront pas de doute sur ma responsabilité dans cette naissance.
- Bien, alors nous allons faire un tour à Bordeaux. Tu devras me dire ce que je dois emporter, penses-tu qu'il y aura un diner, nous n'y serons que deux jours.
- Je préfèrerais éviter cette épreuve mais il n'est pas impossible qu'ils invitent quelques amis proches. Je rappellerai avant de partir mais tu ne dois pas stresser... Ma chérie, j'aimerais que tu réfléchisses à notre mariage, je t'aime comme un fou, tu fais partie de moi et tu es la mère de mon premier né. Accepterais-tu de m'épouser ?
- Pierre, je tiens beaucoup à toi moi aussi mais j'ignore ce que c'est que l'amour, je ne voudrais pas commettre une erreur et encore moins te tromper. Nous nous sommes retrouvés depuis peu de temps aussi accorde nous quelques semaines que nous soyons certains que c'est bien ce que nous voulons.
- Que redoutes-tu ma chérie ?

- Je ne voudrais pas que nous nous emballions, heureux de nous être retrouvés pour qu'en nous connaissant mieux, nous soyons déçus et regrettions un engagement trop vite pris. Je crains aussi que nous soyons amoureux du fantasme de l'absent paré de toutes les vertus pendant dix ans et qu'au bout de quelque temps, confrontés à la réalité de ce que nous sommes, l'illusion se dissipe et nous laisse déçus.

- Je te comprends mais je crois avoir les yeux grands ouverts et vraiment aimer la femme que je vois. Tu as certes gagné en maturité, les épreuves sont passées par là et ont laissé leurs empreintes mais tu es toujours toi, celle qui m'a tant donné. Prends ton temps ma chérie, je ne partirai pas et je préfère que tu sois sûre de toi afin de n'avoir aucun regret.

- Tu m'as tellement manqué et j'ai tellement pensé à toi que j'ai l'impression de te dire des sottises et d'être cruelle, mais je veux connaitre l'homme que tu es, pas seulement celui que j'ai rencontré il y a dix ans ou celui que j'ai inventé pour Pierrick.

- J'ai compris tout cela et j'espère que tu me garderas. Je ne peux pas imaginer que tu choisisses de partir en me laissant choir alors que je suis si heureux de t'avoir ici à mes côtés et j'aimerais tant que comme moi, tu ressentes ce bonheur d'avoir enfin réalisé le rêve qui m'a soutenu ces derniers dix ans.

Il parvient à s'expliquer mais il a mal au cœur, elle n'a pas accepté sa proposition et cherche des échappatoires. Chassant sa joie, un fond d'inquiétude s'installe en lui.

Touchée par les propos de Pierre et sans doute parce qu'elle détient déjà les réponses à ses questions, elle le prend dans ses bras et l'embrasse tout en caressant sa poitrine. Elle le sent d'abord résister à ses avances mais assez vite, il se détend. Une vague de chaleur se répand alors en eux et la passion les entraine leur faisant oublier le passé, le présent, leurs doutes éventuels pour ne leur laisser vivre que le vif désir qu'il éprouvent l'un pour l'autre.

La semaine s'écoula doucement, Albane prenait ses marques et ses premiers travaux avaient satisfait le responsable de la communication. Il est question d'un entretien pour une radio nationale dans une quinzaine de jours. Elle va commencer à le préparer et à son retour de Bordeaux, elle finalisera la préparation de cet important rendez-vous.

Deux soirs pour diner, France a rejoint le couple qui ne se quitte plus. Il est question de l'épineux dossier d'un ingénieur déjà ancien dans l'entreprise qui considère avoir été licencié à tort alors que les preuves qu'il communiquait à un concurrent des documents confidentiels concernant des prototypes sont flagrantes. Il est probable qu'Albane devra expliquer la position de ses employeurs sur le sujet lorsqu'elle sera interrogée.

Ils évoquèrent aussi la rencontre avec la maman d'Albane à l'hôpital.
- Peut-être auriez-vous dû insister ? C'est ta maman la plus raide de tes deux parents. Ton père suivait le mouvement et si vous aviez insisté, peut-être aurait-il accepté de vous voir. Il m'a toujours paru être plus suiveur que meneur, sans doute pour avoir la paix, parce que ta mère d'après la mienne, bien que très belle a toujours été aigre et cultivait l'acidité. Je me suis toujours demandé ce qui les avait réuni.
- Pour ce que j'en ai compris, lorsqu'ils se sont mariés, papa détenait un beau diplôme et quelques économies mais l'entreprise et la maison appartenaient à mes grands-parents maternels. Mon père avait déjà une quarantaine d'années et une belle expérience professionnelle mais il était toujours célibataire et travaillait pour eux depuis plusieurs années. Je suppose qu'il y a eu un marchandage à propos de leur succession entre

mes grands-parents et lui mais en fait je n'en suis pas sûre. Mes parents ne m'ont toutefois jamais paru amoureux ou simplement tendres l'un avec l'autre. Aujourd'hui, il a à peu près soixante-dix ans et j'ignore qui dirige l'entreprise, certainement pas ma mère qui s'est consacrée à asticoter l'employée de maison et à rien d'autre que je sache.

- Ma mère qui la connaissait à l'époque où nous étions scolarisées de la maternelle à la fin du lycée, disait qu'elle était insupportable de prétention et peu liante car elle ne trouvait personne à son goût. Heureusement qu'elle pensait que maman était assez bien pour nous surveiller lorsque nous passions nos après-midis libres ensemble.

- D'après ce que j'en déduis, peut-être ton père faisait-il partie de ces hommes qui s'investissent dans leur travail pour passer le moins de temps possible chez eux et abandonnent la sphère familiale à l'épouse. Ce qui ne signifie pas qu'ils ne souffrent pas de la situation mais entre deux maux, ils font un choix. Peut-être faudrait-il que je demande un rendez-vous à ton père et que j'aille me présenter, seul. Peut-être as-tu un allié dans la place mais l'ignores-tu et ton père serait heureux d'avoir de tes nouvelles après tout ce temps ? Après tout, je ne risque rien d'autre que de me faire virer de chez lui !

- D'accord mais quel bénéfice tirer de cette rencontre ? Depuis mon enfance, j'ai trouvé chez France et Anne l'affection dont j'avais besoin. Ma mère se posait en censeur, mon père n'était jamais là et lorsque j'ai attendu Pierrick, ma mère m'a montré la porte. Aujourd'hui, je me passe d'eux sans problème.
- Tu évoques les prises de position de ta mère. Qu'en pensait ton père ?
- Tu as raison, j'ai toujours supposé qu'il avait accepté ses décisions parce qu'ils étaient du même avis mais sans doute n'habitait-il à la maison que parce qu'il ne pouvait décemment pas dormir ailleurs. Il me semble d'ailleurs qu'à la maison, c'est-à-dire chez ma mère, il y avait une chambre au rez de chaussée à côté de son bureau mais comme il fallait traverser la pièce interdite aux enfants pour y accéder, je ne me souviens pas d'y avoir mis les pieds un jour.
- Il se peut qu'après leur mariage ou ta naissance, la mayonnaise ne prenant pas entre eux, ils aient décidé de rester ensemble pour la façade et peut-être que tes grands parents avaient exigé d'eux un enfant pour assurer la succession… Beurk, le projet ne m'aurait pas convenu ! déclara France.
- Qui pourrait être heureux ainsi ? C'est plausible puisque j'ai dû partir de Bordeaux pour

échapper à un scénario de ce type, remarqua Pierre. Je vais le contacter, envoie-moi ses coordonnées si tu les as, autrement le nom de sa boite me suffira.

10

Assez vite dans la semaine, Pierre parvint à obtenir un rendez-vous urgent avec le père d'Albane sans dire pourquoi il avait besoin de le rencontrer mais en utilisant son titre de Directeur Général et la carte de visite de son entreprise.

Afin d'éviter de perturber Albane, un matin il se rendit au bureau avec elle comme d'habitude puis repartit seul pour son rendez-vous du côté d'Evreux.

Il s'était documenté sur l'entreprise qui est un groupe de belles entreprises industrielles innovantes et dynamiques. Il se dirigea vers les locaux des bureaux du siège où il s'annonça.

Rapidement, un homme grand et mince, portant bien ses soixante-dix ans mais l'air fatigué vint le chercher.

A nul autre pareil

Ils s'assirent dans le coin salon du bureau directorial, puis Pierre se présenta.

- Je suis Directeur Général des entreprises Armand mais si j'ai utilisé ma carte professionnelle pour que vous me receviez, c'est à titre privé que je viens vous voir.
Il y a dix ans, j'ai rencontré Albane sur un chemin de randonnée en Bretagne puis nous nous sommes perdus de vue et depuis que nous nous sommes retrouvés, nous sommes très amoureux et nous envisageons de nous marier. Entre le moment où nous nous sommes quittés en Bretagne et aujourd'hui, Albane a donné naissance à un petit garçon, mon fils, mais il semblerait que lorsqu'elle vous en avait parlé, vous l'ayez simplement mise à la porte, refusant son « bâtard ». Elle a accouché, entourée par Anne la maman de France et son amie. Notre fils était porteur d'une maladie cardiaque congénitale et il est mort six ans après. Après son départ, elle a fait une grosse dépression dont elle est à présent sortie.
Votre épouse restée silencieuse pendant dix ans, a alerté Albane sur votre état de santé. Lorsque nous l'avons croisé à l'hôpital il y a quelques jours, elle nous a assuré que vous ne voudriez pas rencontrer le père de son bâtard comme elle nomme Pierrick. Nous sommes repartis sans vous voir mais j'ai eu

un doute, aussi ai-je voulu m'en assurer en venant ici vous rencontrer.

Le père d'Albane ne dit pas un mot mais il respirait fort, la tête dans ses deux mains, inquiétant Pierre qui se reprocha d'avoir peut-être été trop brutal dans ses propos.
-    C'est ma faute ! Je n'aurais jamais dû épouser cette vipère et je suis resté avec elle pour transmettre cette fichue entreprise à Albane qui ne saura sans doute pas quoi en faire.
J'ignorais tout de cette histoire car dans ce mariage, mon avis n'a jamais été pris en compte. Marie, la mère d'Albane m'avait dit que ma fille avait décidé de ne plus venir à la maison après un petit accrochage entre elles. Qu'elle ait mis Albane à la porte n'est pas surprenant et qu'elle ne reconnaisse pas le bébé comme son petit-fils encore moins. Pourquoi Albane n'est-elle pas venue me trouver ? Et comment va-t-elle à présent ?
-    Sa mère a parlé en votre nom et à l'hôpital lorsqu'Albane a demandé si nous pouvions vous voir, elle lui a répondu que vous n'accepteriez pas de rencontrer l'amant de votre fille. Ces propos correspondaient à ceux qui avaient été déjà tenu aussi n'avons-nous pas insisté.
-    Il est bien vrai que je préfèrerais savoir ma fille bien mariée plutôt que de me dire qu'elle se

contente d'hommes de passage mais elle a trente ans et à son âge, je ne me reconnais plus le droit de donner un avis, d'autant plus que je ne l'ai plus revue depuis l'année de sa licence. Qu'a-t-elle fait après ?

- Afin de pouvoir rester le plus possible auprès de notre bébé, elle a passé une agrégation et un doctorat. Elle a enseigné en faculté mais elle a démissionné cette dernière rentrée scolaire pour signer chez Armand pour le poste de responsable des Relations publiques. Elle est très appréciée par ceux qui la connaissent et avait déjà de vieux alliés parmi les juristes dont France fait partie.
Nous partirons à Bordeaux, chez mes parents, le prochain week-end, accepteriez-vous de venir à Paris à la fin de la semaine suivante ? Je suppose que vous avez des choses à tirer au clair tous les deux. C'est pour Albane qu'il me parait nécessaire qu'une entrevue ait lieu. Nous voulons préparer notre mariage dans la sérénité mais nous devons aussi savoir qui la conduira à l'autel, Patrick Armand ou vous. Mon patron ne la connait pas depuis longtemps puisqu'il vient d'épouser Anne la mère de France, mais il lui est déjà très attaché. Je ne pense pas opportun d'inviter votre épouse car je redoute que par son comportement, elle obscurcisse le bonheur d'Albane.

A nul autre pareil

- Non, elle ne doit pas pouvoir s'y rendre ! Elle est mauvaise et détestait notre fille autant qu'elle me méprisait. Les parents de Marie m'avaient proposé d'épouser leur fille contre l'entreprise. J'avais une quarantaine d'années et je pensais qu'elle ou une autre importait peu. Je travaillais beaucoup trop. Mon épouse me dédaignait pour mon manque de richesses personnelles et me faisait comprendre que ce que la galerie prenait pour mes possessions étaient en fait les siennes. J'ai cru au début de notre union, parvenir à l'adoucir mais lorsqu'elle s'est retrouvée enceinte, elle a voulu provoquer un avortement, je l'ai stoppée de justesse, des comprimés à la main, ensuite ses parents l'ont surveillée. Elle détestait son état autant qu'elle me haïssait et a transféré cette haine sur notre petite fille qui trouvait refuge chez la voisine, Anne une jeune veuve mère d'une fillette du même âge qu'elle. Anne était plus la mère d'Albane que Marie mon épouse et tous les deux, nous arrangions son emploi du temps afin qu'elle n'ait pas à passer de temps avec sa mère qui s'en rendait peut-être compte et s'en moquait.
Je n'ai jamais su qu'Albane était venue demander de l'aide parce qu'elle attendait un bébé, j'ignorais qu'elle avait eu un enfant et encore plus qu'elle l'avait perdu. Je suis navré, peiné mais je n'ai pas été à la hauteur. Marie, sa mère est certes

responsable de bien des maux mais j'aurais dû m'en méfier davantage et ne pas me contenter de ce qui m'était rapporté. J'aimais ma fille mais pour éviter les inévitables conflits, je me suis enseveli sous le travail et j'ai laissé sa mère nous séparer. Je suis impardonnable !
Vous avez bien fait de venir, j'aimerais revoir Albane et j'irai à Paris dans quinze jours. Je viendrai le samedi en fin de matinée et selon je repartirai le jour même ou le lendemain. Donnez-moi votre adresse et votre numéro privé, je vous rappellerai pour confirmer ce rendez-vous. J'aimerais apaiser Albane car elle n'est pour rien dans cette situation et vous revoir Pierre, car je dois organiser la transmission de l'entreprise et nous devrions en parler calmement.

Lorsqu'ils se quittèrent peu après, ils sont l'un et l'autre satisfaits de leur entrevue. Le père d'Albane imagine déjà un futur pour sa fille et son presque gendre qui lui a beaucoup plu.
« Il lui avait fallu du cran pour venir me demander des comptes sur l'éducation reçue par ma fille. »

Le soir, Pierre expliqua l'entretien qu'il avait eu avec son père et la demande qu'il avait faite.
Albane réalisa que son père avait sans doute souffert autant qu'elle du comportement de son

épouse et elle n'a pas d'opposition à recevoir son père afin qu'ils se parlent.

Pierre est fier de la compréhension qu'elle montre, il l'attira contre lui et l'embrassa, soulagé de ne pas avoir à batailler pour lui faire entendre raison.

- Chérie, afin de justifier ma démarche, j'ai dit à ton père que nous envisagions de nous marier. C'était une annonce prématurée mais je devais motiver mon intervention.

- Tu as bien fait, c'est la vérité, même si je t'ai demandé un peu de temps.

- Mon cœur, tu acceptes ma demande ? remarqua-t-il surpris.

- Mon chéri, je ne l'ai pas refusée, je t'ai demandé un peu de temps mais au fond de moi, si je veux être honnête, ma décision est prise. Tu es le seul homme que j'ai aimé et je suis encore plus folle de toi depuis que nous nous sommes retrouvés. Toutefois, je crois vraiment que pour un mariage réussi, la passion que nous éprouvons ne suffira pas, d'où ma demande de réflexion.

- Ce soir je suis follement heureux ! Je te donnerai ma bague samedi, elle est au coffre de ma banque depuis longtemps et elle t'attendait. Ma chérie, enfin bientôt mon épouse ! dit-il en l'embrassant.

A nul autre pareil

Pendant la semaine, Pierre est sur un petit nuage de bonheur, France a été prévenue ainsi qu'Anne qui sont enchantées pour la jeune femme. La question concernant la date de la cérémonie n'a pas été abordée en revanche, elles sont très satisfaites de la rencontre prévue entre le père et la fille la semaine suivante.

Arriva enfin le vendredi. Pierre et elle quittèrent l'entreprise à dix-sept heures trente pour prendre leur train à dix-huit heures trente, leurs bagages avaient été déposés dans le coffre du véhicule le matin. Ils avaient du temps mais ne devaient pas en perdre aussi se dépêchèrent-ils.

Dans le TGV, Albane est un peu anxieuse et espère ne pas déplaire aux parents de Pierre, elle souhaite surtout une fin de semaine simple et sympathique. Elle a fait tirer un album de plus contenant les dessins et les photos de Pierrick, peut-être les grands-parents paternels seront-ils sensibles au geste ?

Pierre prit sa main, il semble un peu nerveux, ou inquiet.
- Tu as des soucis mon chéri, ou des craintes…
- Je… oui, je redoute ce week-end, au printemps dernier, nous ne nous étions pas quittés

en bons termes et j'espère vraiment qu'ils ne t'accueilleront pas du bout des lèvres. Je t'aime tant que je voudrais que tout soit propre et net devant toi, avec des gens bienveillants qui ne ressentiront pas l'envie de décortiquer tes propos, cherchant ce que tu aurais peut-être sous-entendu sans l'exprimer.

- Pierre, ne t'inquiète pas, je n'ai plus vingt ans et j'ai déjà affronté mon lot de prétentieux, de bornés ou d'idiots. Je m'en sortirai, détends-toi ! Sais-tu que Marc pourrait arriver pour le jour de l'An ?

- Ah ! il l'a dit à France ? Il envisageait de lui faire la surprise et je l'en ai dissuadé car elle risquait de partir avec sa mère et son beau-père. Patrick espérait organiser un réveillon à Courchevel avec eux et nous et un couple d'amis de leur âge.

- C'est gentil et Marc nous rejoindrait pour être avec France ?

- Je suppose que oui mais cela risque de donner une tournure un peu officielle à une relation très récente. J'ignore si c'est bien ce que France et Marc souhaitent, au moins pour le moment.

- Pff... C'est compliqué tout ça !

Il rit et embrassa les doigts qu'il tient dans sa main.

- Tu te sens prête pour l'entretien ?

A nul autre pareil

- Je suis aussi bien préparée que possible. Nous verrons mais je stresse davantage à l'idée de rencontrer ta famille qu'à celle de parler de l'entreprise dans un micro. Quelqu'un viendra-t-il nous chercher ?
- Non, il sera préférable de prendre un taxi. Nous n'irons pas très loin.

Ils se turent main dans la main puis Pierre somnola un moment. Finalement, le temps du voyage passa très vite. Ils prirent un taxi et furent vite déposés devant une maison de ville.
- Le jardin est derrière, surtout extasie-toi sur les fleurs de ma mère quoiqu'en cette saison, il ne doit plus y en avoir beaucoup. Elle faisait partie d'un groupe amateur d'horticulture. Si tu la branchais sur les fleurs, elle te ficherait ensuite une paix royale.
- Je veux bien essayer mais je ne connais pas grand-chose aux plantes, j'ai fini de grandir sur le bitume de la capitale.
- Je t'aime, ma fleur de bitume, belle et résiliente ! déclare-t-il en riant, provoquant un éclat de rire discret d'Albane.

Un homme aussi grand que Pierre mais nettement tout blanc de cheveux ouvrit la porte et s'effaça sans un sourire.
- Bonsoir, nous sommes heureux de vous voir.

A nul autre pareil

« Avec un sourire je l'aurais peut-être cru, ça commence bien ! » se dit Albane reprenant son sérieux.

- Bonsoir papa, je te présente Albane, ma fiancée.
- Mademoiselle, dit-il en faisant un geste de la tête. Entrez, vous êtes attendus dans le salon.

Pierre déposa les valises côte à côte dans le couloir et prit Albane par les épaules comme pour la protéger, il lui embrassa la tête au-dessus de l'oreille et lui murmura.

- N'oublie pas que c'est toi que j'aime.

Ils entrèrent dans un salon un peu conventionnel mais confortable dans lequel de beaux meubles anciens côtoient un canapé en velours. La maman assise dans un fauteuil, tient un livre à la main et les observe par-dessus ses lunettes, arriver enlacés.

Elle se leva lorsqu'ils furent près d'elle.

- Maman voici Albane ma fiancée, j'espère que vous vous entendrez bien. C'est une femme merveilleuse.
- Nous verrons, ainsi vous demeurez à Paris mais d'où êtes-vous originaire ?

A nul autre pareil

- Je suis née en Normandie, à la campagne mais je suis à Paris depuis mes dix-sept ans lorsque j'ai intégré la faculté.
- Dix-sept ans ? C'est bien jeune, aviez-vous le bac ou aviez-vous passé ces sortes d'équivalences ?
- Oui j'ai passé un bac en juin normalement et ma mention m'a permis d'obtenir une dérogation.
- Hum, c'est possible ça ? Tu t'es renseigné Pierre ?
- Maman, à vingt ans, Albane avait réussi le concours du capes et préparait l'agrégation. Elle a ensuite obtenu un doctorat, avant d'avoir vingt-cinq ans. Comme elle travaille pour les Armand, elle a dû fournir ses diplômes, ce qu'elle dit est vrai et sache qu'elle n'est pas une menteuse.
- Nous ne connaissons pas cette jeune femme, il est normal de nous renseigner.
- Maman, je n'ai plus vingt ans, je sais ce que je fais et je connais Albane depuis plus de dix ans. Il est parfaitement inutile de convoquer l'inquisition.
- Pierre...murmura Albane avec un sourire très doux en lui tenant la main.

La mère serra les lèvres et s'assit.
- Avez-vous fait bon voyage ? demande le père.

- Oui Paris n'est qu'à peine plus de deux heures, répond Pierre d'une voix sourde.
- Avez-vous diné ? Maman a préparé une quiche et une salade, nous vous avons attendus.
- Ma chérie as-tu faim ?
- C'est très gentil de nous avoir attendus, l'intention est charmante. Voulez-vous un peu d'aide pour mettre la table ?
- Non merci tout est prêt. Nous dinerons dans la cuisine.
- La cuisine ? s'exclama Pierre en sursautant.
- Oui, ce sera plus simple pour vous, la cuisine conviendra certainement mieux à Albane et la pièce sera plus chaude, déclara la maman en desserrant à peine les lèvres.
- Seigneur ! Maman, le père d'Albane est au moins quatre fois plus riche que vous si ce n'est davantage et elle est son unique héritière. Ne confond pas tout et je suis navré de t'apprendre que ma fiancée n'a rien d'une pauvre fille qu'il ne faut pas trop vite sortir de son milieu afin qu'elle ait le temps d'assimiler tes leçons. Elle a été parfaitement éduquée, même si sa mère n'y est pas pour grand-chose.
- Pierre, ta maman a certainement voulu bien faire.

- Ou elle a voulu te vexer pour que tu comprennes que tu n'es pas de son monde sans imaginer que c'est elle qui n'appartient pas au tien.
- Pierre ces choses-là sont sans importance.
- Pas pour la bourgeoisie de cette ville que j'ai toujours trouvée un peu sclérosée.
- Mon fils…
- Papa tu étais prévenu.
- Tu n'as toujours pas cité de nom.
- Pour que vous appreniez à connaitre Albane sans vous fier à son nom parce que même dans les bonnes familles il y a de vilains petits canards…
- Bien joué et tu nous as pris en défaut, s'exclama son père en riant pendant que la maman rougissait.
- Ma chère, la table a été mise dans la cuisine, il y fait plus chaud, c'est vrai et l'accueil sera moins cérémonieux. Pardonnez-nous cet impair.
- Ne vous inquiétez pas, j'aime bien les cuisines, c'est le cœur des maisons et c'est souvent l'endroit que je choisissais pour confier mes soucis d'enfants à la maman de mon amie, lorsqu'elle avait les deux mains occupées, souvent par un couteau. Je la vois encore l'utiliser avec dextérité en me répondant.
- Vous préfériez vous confier à une étrangère plutôt qu'à votre maman ? demanda la maman de

A nul autre pareil

Pierre en se dirigeant avec ses convives vers la cuisine

- Ma mère n'a jamais été très maternelle et ne s'occupait pas de cuisiner. Heureusement pour moi, Anne la maman de mon amie France a pris mon éducation en main et a élevé deux filles au lieu d'une. Et elle a été une merveilleuse grand-maman pour Pierrick qui l'adorait.
- Pierrick était notre fils, précise Pierre. Avez-vous reçu les photos ?
- J'ai pensé à des photos retouchées mais je suppose que j'ai dû me tromper, marmonna la maman.
- Oui, Pierrick ressemblait beaucoup à son papa, comme Pierre ressemble au sien.
- Nous ne comprenons pas tout, aussi faudra-t-il nous raconter cette histoire. Nous voyions bien que Pierre avait changé, plus renfermé, plus sombre et préoccupé. Il ne sortait plus, n'était plus intéressé que par son travail et de mystérieuses activités dont il ne soufflait mot. Jusqu'à être affublé d'un sobriquet très agaçant par ses anciens amis ! Nous nous inquiétions beaucoup pour lui.
- Et vous avez craqué en essayant de me refiler un affreux et idiot laideron potentiellement riche... J'ai trouvé votre idée et votre insistance injurieuses. J'étais simplement fidèle au souvenir de ma femme de cœur, même si nous n'avions

échangé aucun engagement et il m'a fallu du temps pour la retrouver, dix ans. Dix longues années pendant lesquelles j'ai perdu mon fils ainé. Aujourd'hui, rien ne nous séparera plus sauf la mort.

Un profond silence suivit cette diatribe. Les parents regardèrent leurs assiettes pendant qu'Albane prenait la main de Pierre et l'embrassait, comme pour sceller une promesse.

11

Finalement, la visite après l'accueil mitigé se passa bien et les parents sympathisèrent avec Albane. Ils abordèrent des sujets variés auxquels elle répondit sans fard, donna son avis et débattit avec aisance.

Lorsqu'au moment du dessert le dimanche, Pierre lui remit une bague magnifique, elle le regarda avec un amour infini. Cet échange muet plus que tout le reste rassura les parents sur les sentiments que le couple partage, lui qui a déjà une histoire peu ordinaire à porter.

En fin d'après-midi, ils repartirent en taxi pour la gare assez satisfaits de ce séjour. Ils ont réussi à rassurer la famille de Pierre et les parents sont parvenus à confier à leur fils qu'ils devaient réfléchir ensemble à une passation de pouvoir dans les quelques années qui suivraient. Pierre n'a pas répondu à leur offre mais son beau-père lui a fait la même proposition et il s'interroge sur la faisabilité

A nul autre pareil

d'administrer deux grosses entreprises situées en des lieux différents.

« Ne sois pas idiot, il suffirait de faire comme les Armand, nommer des DG et ensuite de superviser les décisions. Des allers-retours entre les sites seraient nécessaires, mais avec le train, ce serait faisable. Il faudrait juste trouver des professionnels de confiance. »

Il n'en dit mot à Albane qui elle, repense à la méfiance des parents de Pierre à son égard. Elle n'a pas eu trop de difficulté à surmonter cette suspicion mais il a fallu l'intervention de leur fils, précisant à sa grande surprise, la richesse de ses parents.
« J'ignorais qu'ils avaient des moyens puisque j'avais dû me débrouiller seule à partir de mon année de licence et ma vie n'avait pas été simple pendant les années qui ont suivi. Ce temps est révolu et je ne regrette pas d'avoir dû jongler avec les heures supplémentaires et les fins de mois compliquées. J'ai souvent été contrainte de me priver du superflu pour offrir du plaisir à Pierrick et j'ai appris à me contenter de peu, surtout j'ai appris que pour être heureux, l'essentiel n'était pas là, même si un peu d'argent facilite le quotidien… »

- Tout va bien ma chérie ? tu es très silencieuse. La visite n'a pas été trop pénible ?

- Non, tes parents sont attentifs et méfiants, ils recherchent ton bien et veillent que de mauvaises femmes mal intentionnées ne te fassent pas tomber dans leurs filets.
- Ah, ah ! Ils aimeraient aussi que je leur raconte ma vie par le menu pour ensuite pouvoir me dire ce que je dois faire ou éviter de dire. T'ont-ils dit combien le livret de Pierrick les avait touchés ? Ils avaient d'abord cru que les photos envoyées étaient des fausses photos destinées à je ne sais quel chantage. Ils se sont effondrés lorsqu'ils ont appris que Pierrick avait vraiment vécu. Ils l'auraient aimé tu sais ?
- Je sais, tout le monde l'aimait, il était mignon et tellement attentif aux autres.
- Il faudra que nous ayons au moins deux enfants pour mettre de la joie dans nos cœurs et accompagner nos souvenirs.
- Nous verrons si ce bonheur nous est accordé, nous devons faire confiance à la vie.

Le voyage du retour fut tout aussi rapide mais ils arrivèrent tard.
- Viens à l'appartement ce soir, je n'ai pas envie de te laisser en bas de chez toi. Peut-être faudrait-il que tu emménages avec moi et que tu rendes le logement que tu occupes.
- Tu crois, n'est-ce pas un peu tôt ? Il faudra que j'y pense mais pour ce soir tu as raison, je n'ai

pas du tout envie que tu m'abandonnes au pied de mon escalier, remarque-t-elle en plantant un baiser sur la joue de son conducteur.

Pierre rit, il se sentait léger, Albane est détendue, souriante et joueuse, les petites marques d'affection qu'elle n'hésite plus à lui donner même lorsqu'ils risquent d'être surpris le rendent heureux. Elle l'aime, il en est sûr et elle assume ses sentiments même si elle s'inquiète de ce qui pour lui ne sont que des détails...

Le lendemain, ils furent repris par leurs obligations. Albane finalisa l'entretien qu'elle aura avec une radio nationale. Elle se sentait prête et n'imaginait pas quel piège pourrait lui être tendu. Il s'agissait surtout de faire la promotion de l'entreprise Armand.

Le soir elle rentra chez Pierre, délaissant son appartement. Dans le métro, elle décida de résilier son bail après le passage de son père samedi prochain. Elle appréhende un peu cette visite. Elle n'avait jamais été proche de lui, même s'il venait chez Anne parfois et la récupérait pour une promenade de temps en temps. Elle aurait aimé détenir le courage de lui dire combien elle souhaitait demeurer à plein temps chez son amie plutôt que d'errer seule dans une grande maison vide avec la cuisinière pour toute compagnie. A cette époque, elle vivait son père comme un homme occupé et inaccessible, elle était retenue par la crainte de lui causer du chagrin car pour une petite fille, un parent est forcément aimant, la question ne se pose pas parce que s'il n'aime pas, c'est parce qu'elle n'a pas su faire ce qu'il attendait d'elle. Afin de la rassurer, Anne prétendait que son papa ne savait pas comment échanger avec une enfant de son âge mais qu'il était très attentif à son bien-être, ce qui ne consolait pas l'enfant qu'elle était.

Aujourd'hui, elle se dit qu'elle n'a plus besoin que de l'amour de l'homme qu'elle chérit, son fiancé, ses parents sont absents pour elle depuis longtemps et elle a appris à ne plus compter sur eux. Il y a dix ans, leur rejet cinglant avait été tempéré par l'amour témoigné par Anne et France et elle s'était peu à peu habituée à ne plus y penser comme à ses référents naturels.

Arrivée à l'appartement de Pierre, elle passa des vêtements confortables et commença à préparer le diner. Il ne l'avait pas prévenue qu'il aurait du retard aussi ne devrait-il pas tarder à rentrer.

Elle l'attendit puis s'inquiéta en voyant l'heure avancer. Il ne l'avait pas avertie d'un quelconque contretemps aussi finit-elle par appeler sur son portable. La sonnerie retentit mais Pierre ne répondit pas. Elle essaya un moment après, toujours rien. Enfin vers vingt et une heure trente, son téléphone sonna.

- Allo, Pierre, tu es très en retard, que se passe-t-il ?

- Madame, ici le poste de police. Monsieur Pierre Moris a été victime d'un accident de voiture et il a été transporté à l'hôpital. Nous avons récupéré ses affaires dans sa voiture et nous ne savions pas qui prévenir…

Elle se sentit flancher aussi se laissa-t-elle tomber lourdement sur un fauteuil tout près.

- Je suis sa fiancée… Est-il grièvement touché ? Faut-il que je me rende à l'hôpital et quel est l'établissement qui le reçoit ? Arrive-t-elle à articuler, la gorge prise dans un étau.

- Il est aux urgences de la Salpétrière. J'ignore dans quel état il est. Il faudrait que vous y alliez et que vous veniez chercher sa sacoche d'ordinateur et ses papiers d'identité au bureau de police situé rue du rendez-vous.

- Je vais prévenir des amis. Merci de m'avoir répondu.

Dans la foulée, folle d'angoisse elle téléphona à Anne qui décida, du fait de l'état d'anxiété manifesté par Albane, qu'elle passerait la prendre accompagnée par son mari.

A nul autre pareil

Peu après, le couple l'appela pour lui annoncer que leur voiture était garée en double file et qu'ils l'attendaient.

Elle se précipita et vit la voiture devant sa porte dans laquelle elle s'engouffra, puis elle répéta à Patrick ce que lui avait expliqué le policier.
- Nous sommes partis ensemble à dix-huit heures trente et il semblait pressé de rentrer, il m'a confié que vous envisagiez de vivre ensemble.
- Oui, nous sommes fiancés depuis samedi. Nous avons passé deux jours chez ses parents à Bordeaux.
- Je suis tellement heureuse que vous vous soyez retrouvés, déclare Anne.
- Nous ne voulons pas nous tromper aussi prenons-nous le temps. J'espère que ses blessures n'auront rien de grave. En principe, mon père devait venir nous voir samedi et dimanche prochains.
- Attendons d'en savoir plus, tu pourras toujours dire à ton père de venir plus tard, si Pierre devait rester quelques jours à l'hôpital.

Peu après, aux urgences, ils apprirent que Pierre était toujours au bloc opératoire et ne serait pas visible tout de suite. En revanche, un médecin viendra dès que possible leur communiquer des informations sur son état.

Dans l'attente, Patrick alla chercher les affaires de Pierre au poste de Police pendant que les deux femmes patientaient.

N'étant pas de la famille directe du blessé, il dû batailler un peu pour récupérer la sacoche et le portefeuille du blessé puis il rejoignit Albane et Anne aux urgences.

- Comment vas-tu Albane ? demanda-t-il en arrivant et en lui remettant le sac de Pierre.
- J'ai du mal avec les salles d'attente des hôpitaux, je les ai bien assez fréquentées pour m'en passer le reste de ma vie, marmonna la jeune femme.

Un homme en blouse verte demanda peu après la famille de Pierre Moris. Albane se leva et avança vers lui, suivie par Anne et Patrick qui l'encadrèrent.
- Monsieur Moris s'en tire bien. Il a une fracture à la jambe droite qui a été réduite et une commotion cérébrale qui nous inquiétait mais qui finalement s'est révélée moins sévère que nous le pensions. Il devrait se réveiller dans la nuit et sera conduit dans une chambre demain matin. Si tout va bien ce patient pourra sortir dans deux jours. Je vous suggère de rentrer chez vous et de revenir demain.
- Aura-t-il besoin de quelque chose ?

A nul autre pareil

- Je ne vois pas, son téléphone afin de vous joindre peut-être et des vêtements, je crains que son costume n'ait plus rien d'élégant.
- Savez-vous ce qui s'est passé, il est plutôt prudent au volant.
- Albane, la police m'a dit qu'un véhicule en excès de vitesse avait brûlé le feu rouge. Pierre a été frappé de plein fouet au milieu du carrefour qu'il traversait, il est blessé mais l'autre conducteur n'est plus là, le choc a été violent et pour Pierre c'était imparable. Remercions le ciel qu'il ne soit pas plus atteint et heureusement pour lui, il conduisait une grosse voiture !
Si nous ne pouvons rien faire pour lui, nous allons rentrer. Merci docteur de nous avoir donné ces plutôt bonnes nouvelles.
- De rien, nous savons que les proches s'inquiètent et je préfère de loin divulguer de bonnes informations. En ce cas, l'immobilisation du patient sera courte. Il pourra assez vite se déplacer avec des cannes, seuls les premiers jours lui demanderont un effort d'adaptation et un peu d'assistance.

Albane est assommée, si Pierre n'a rien, l'autre conducteur n'est plus là et une famille est dans l'affliction... et elle aurait pu perdre Pierre et se retrouver seule à nouveau !

Elle est terrassée par la peur rétrospective de ce qui aurait pu arriver.

- Tu es bien silencieuse, déclara Anne. Tu devrais être rassurée maintenant. Demain ou après-demain, Pierre pourra revenir chez lui avec des cannes. Il faudra que vous fassiez appel à un garde malade qui l'aidera au moins les premiers jours pour la toilette et l'habillement. Je pense avoir un contact, si tu veux, je t'en reparlerai.

- Je suis rassurée mais je tremble à l'idée de ce qui aurait pu se passer.

- Ma chérie, cesse tout de suite de penser au pire ! Il a été accroché par un conducteur qui avait perdu le contrôle de son véhicule mais il n'a eu qu'une jambe de cassé et elle est déjà réparée. Inutile d'en faire un plat ! Dans une semaine, il retournera au bureau dont il sera la vedette !

- Que serais-je devenue s'il était parti lui aussi ? murmure-t-elle la voix chevrotante.

- Tu nous as démontré à tous que tu es une battante, tu aurais surmonté l'épreuve et n'aurais pas été seule. Ton cercle s'est agrandi même si tu n'en as pas vraiment conscience. Va te reposer et surtout ne t'embarque pas seule dans de grandes réflexions qui ne t'apporteraient que des désagréments.

- Je suis d'accord avec Anne. Essaye de dormir et je te dispense de bureau demain, va voir

A nul autre pareil

Pierre, qu'il te rassure et revient en forme, d'attaque et prête à faire la promotion de notre boite à l'antenne. C'est un beau défi et tu vas arriver à tout gérer. Quant à Pierre, il aura des antalgiques à prendre quelques jours mais heureusement, il n'y a pas eu trop de casse, déclare placidement Patrick. Appelle-nous demain, et si tu as besoin d'aide n'hésite pas !

Albane rentra chez Pierre et maintenant qu'elle est seule, elle peut laisser couler ses larmes. De se laisser aller lui fait du bien, elle prend surtout conscience que ses amis ont dit vrai, tout va aussi bien que possible et Pierre a été relativement épargné.
« Tu as eu peur pour lui et pour vous mais une jambe cassée, il n'y a pas de quoi fouetter un chat ! Arrête de pleurer ma belle, garde tes larmes pour ce qui a de l'importance et va te coucher, il est plus d'une heure ! Tu le verras demain. »

12

Le lendemain, mardi matin, France lui apprenait que la nouvelle de l'accident avait fait le tour des services car un journaliste bien informé avait écrit un papier sur le sujet. Cependant, au sein de l'entreprise, c'était moins la mort du chauffard qui défrayait la chronique que l'identité de la fiancée du DG dont personne n'avait entendu parler dans les services.

- Les discussions vont bon train, ne revient pas avec une mine trop affectée parce que certains pourraient faire le lien entre vous.
- En quoi cela serait-il gênant ?
- Gênant je ne sais pas, mais tu as été embauchée peu après son arrivée, certains qui poussaient pour leur poulain, pourraient faire la grimace et du mauvais esprit... même si tu es soutenue par les Armand.
- Oui, tout ce que j'aime et qui me rappelle certains des jours les plus noirs de mon histoire ! Je

pourrais démissionner, je savais que ce n'est jamais bon de bosser avec des proches.
- Ne te précipite pas sur ta lettre de démission, pour le moment fais ton boulot et nous verrons comment l'affaire évoluera d'autant plus qu'en cas de ramdam, les Armand auront leur mot à dire or tous t'aiment bien, à l'unanimité !

Elles se quittèrent, mais Albane est ennuyée, elle a déjà eu à faire à des rumeurs injustifiées lorsqu'elle était enceinte et un professeur en avait profité pour faire courir le bruit qu'il était le père pour la faire céder à ses instances. Elle n'aimerait pas repartir dans un cycle de rumeurs ingérables.
« On ne peut pas anticiper la malveillance des grincheux, laisse venir, tu traiteras si c'est nécessaire et tu seras soutenue, tu n'es plus seule ! »

Peu après, elle quitta l'appartement pour aller à l'hôpital, elle prendrait au minimum des nouvelles si elle était empêchée de voir Pierre. Dans une valisette, elle avait rangé son ordinateur portable ainsi que quelques vêtements dont il pourrait avoir besoin : un pyjama encore sous blister, des sous-vêtements, un pantalon, une chemise, des chaussettes, un livre, une paire de lunettes et un nécessaire de toilette. S'il avait besoin d'autre chose, elle pourrait lui apporter mais il sortira très vite en principe.

L'accueil la dirigea vers un service et l'infirmière lui indiqua une porte.

Elle frappa et entra pour trouver Pierre dans son lit, le visage marqué d'hématomes et l'air fermé.
- Tu n'aurais pas dû venir, lui dit-il sans un sourire ni un mot d'accueil.
- Tu as besoin de moi, pourquoi voudrais-tu que je ne vienne pas ? Je t'ai apporté ton ordinateur et le livre que tu avais commencé à lire ainsi que tes lunettes. Le médecin pensait que tu sortirais rapidement.
- Merci mais … je … j'aurais préféré que tu ne me vois pas ainsi.
- D'abord, je ne vois pas pourquoi. Imagine que l'inverse se soit produit. Serais-tu venu me voir ?
- Evidemment mais ce n'est pas pareil.
- Je ne vois pas ce qu'il y a de différent. Je t'aime, tu m'aimes et nous avons promis de nous soutenir mutuellement. Tu as une jambe cassée, ce n'est pas grand-chose même si ce sera handicapant pendant quelques semaines mais je serai là pour toi.

- Tu n'ignores pas que nos fiançailles seront connues et je ne serai pas présent, prêt à te défendre.
- Tout pourrait bien se passer et dans le cas contraire, nous ferons face. Nous n'avons rien fait de mal et il n'y a pas de quoi ployer l'échine. Sans compter que tu ne devrais pas t'éterniser ici.

Ils discutèrent encore un moment, Albane sentit que quelque chose de non formulé gênait Pierre, il ne s'était pas expliqué et elle n'avait pas creusé mais surtout ce qui la frappa est qu'il n'eut pas un mot affectueux comme il en avait l'habitude, ni l'ombre d'un geste tendre à son égard, lui qui d'ordinaire avait plutôt tendance à rechercher le contact.

« Il est fatigué, peut-être encore choqué ou il souffre sans vouloir le dire, ça va s'arranger... »

Comme il ne répondait que par monosyllabes à ses questions, elle préféra repartir assez vite et revenir plus tard.

Elle fût appelée par France qui demanda des nouvelles de Pierre et prétendit que son nom commencerait à circuler car elle aurait été vue un soir de la semaine dernière, monter dans la voiture de Pierre. Il semblerait que Patrick se soit emparé de « l'affaire » et en aurait prévenu Pierre.

- Ah, je comprends mieux son attitude de ce matin, il faisait la tête sans me dire ce qu'il avait, il m'avait juste reproché d'être allé le voir. Je vais appeler Patrick et lui demander de me recevoir.

Quelques instants après, dans le bureau de Patrick, elle ouvrit grands les yeux lorsqu'elle apprit que Pierre avait envoyé ce matin sa lettre de démission après qu'elle l'avait laissé seul à l'hôpital.
- Pourquoi ne m'en a-t-il pas parlé ? demande-t-elle des larmes dans la voix.
- Il ne voulait pas te perturber avant l'entretien à la radio et il m'a confié que son père espérait qu'il reprendrait l'entreprise familiale.
- A Bordeaux ? Je ne comprends pas, il ne m'a rien dit de tout cela.
- Il a certainement une solution et attendait d'être tranquillement avec toi pour t'en parler, mais sa démission est entérinée et une nouvelle recherche est déjà confiée à un chasseur de têtes. Nous allons le regretter. Que comptes-tu faire ?
- Rien, que voulez-vous que je fasse ? J'ai besoin de travailler et s'il a l'intention de repartir à Bordeaux, je n'ai pas été prévenue de ses réflexions ni de ses décisions et je n'ai pas l'intention de rester chez moi à attendre que le temps passe. Je suppose qu'une fois encore, nous nous sommes emballés et qu'il s'est aperçu que je n'étais pas à la hauteur de son fantasme sans oser

me l'avouer. Je vais rentrer et redéménager mes quelques affaires chez moi, heureusement que vous m'avez donné la journée et que je n'avais pas rendu mon appartement ! J'aurais tout de même préféré qu'il m'apprenne qu'il retournait à Bordeaux lui-même, je ne comprends pas à quoi a rimé toute cette nostalgie autour des dix ans et pourquoi nous nous sommes fiancés le week-end dernier, pour me refaire le coup de partir sans rien dire.

- Tu vas trop vite Albane, il a certainement ses raisons. Attends qu'il s'explique pour déménager.
- Je préfère partir plutôt que d'être mise à la porte d'un appartement dans lequel je n'étais pas chez moi, j'ai un minimum de fierté. Je lui avais dit que c'était précipité, il a dû se rendre à mes raisons et vous laisser le chouette travail d'information. Excusez-moi, je dois y aller, j'ai du travail. Je lui ai apporté de quoi s'habiller pour sortir mais ne comptez pas sur moi pour l'accueil. Je laisserai la bague qu'il m'avait donné samedi, sur la table de nuit de la chambre et le trousseau de clefs sera déposé chez le concierge de l'immeuble.

Patrick la regarda repartir très ennuyé, il avait été pris de court par cette démission et pourquoi Pierre n'avait-il rien dit de ses décisions à Albane ? Il aurait pourtant juré qu'un amour sincère les liait.
A la place de Pierre, il aurait sans doute agi de la même manière et aurait démissionné. C'est le

poste de Responsable des Relations Publiques qui est brigué par un des cadres, connu pour beaucoup parler et oublier d'agir et en faisant courir une rumeur sur la jeune femme, il avait voulu la fragiliser. En partant, Pierre fera peut-être taire les mauvaises langues tout en préservant le poste d'Albane, mais lui, en tant que PDG ne peut pas admettre que ce genre de pression s'exerce sur ses salariés et tolérer la manœuvre aujourd'hui créerait une fragilité dans les liens entre les cadres. Il va donc convoquer les fauteurs de troubles, certains auront des rappels à l'ordre, libre à eux de démissionner et un autre sera prié d'aller travailler ailleurs en raison d'une obligation de remaniement d'organigramme et de suppression de poste.

Il convoqua son assistante pour faire appeler Jeanne des RH et ensuite les personnes en question, puis il avertit Anne, son épouse pour la prévenir des événements de la matinée.

Elle est désolée et décida d'aller voir Albane qui devait ranger l'appartement de Pierre afin d'effacer toutes les traces de son séjour chez lui.
Peu de temps après, elle sonnait chez Pierre. Albane ouvrit et éclata en sanglots lorsqu'elle reconnut sa visiteuse qui la prit immédiatement dans ses bras pour la bercer comme lorsqu'elle était enfant.

- Doucement ma chérie, je suis là...

Elles s'assirent et Albane expliqua sa matinée à Anne qui demeura perplexe.
« Qu'a-t-il pu se passer pour que Pierre se rétracte ainsi alors que rien ne laissait présager un départ de Paris ? »
- Pouvez-vous m'aider à descendre mes valises ? Tout est rangé, je n'avais ici que des vêtements et quelques livres. Attendez-moi, je vais déposer sa bague sur la table de nuit, ce sont probablement les fiançailles les plus courtes de l'histoire des fiançailles. Enfin il vaut mieux qu'il se soit aperçu que je ne convenais pas à sa famille maintenant plutôt qu'après le mariage !
- Que me racontes-tu là ? Ne pas convenir à sa famille ? Qui sont ces gens pour tenir des discours pareils, tu es une jeune femme merveilleuse rien de moins et je ne laisserais personne insinuer le contraire.
- Ils font partie de la vieille bourgeoisie bordelaise et on n'y rentre pas comme ça, ils ont commencé par être méfiants et presque désobligeants jusqu'à ce que Pierre affirme que mes parents sont beaucoup plus argentés qu'eux, ce qui a eu pour effet de les faire taire. Le reste du séjour s'était bien passé puis Pierre m'a donné sa bague. Ils ne s'y sont pas opposés et tout allait bien jusqu'à ce que j'aille ce matin à l'hôpital. Il était

sombre et faisait la tête, après ce constat, j'ai eu l'idée de passer voir Patrick au bureau pour comprendre et là il m'a appris que Pierre avait démissionné pour repartir à Bordeaux. J'ai pris l'annonce comme un coup de poing en pleine figure, Pierre ne m'avait rien dit.
- C'est vraiment stupéfiant ! Il avait pourtant le comportement d'un homme amoureux.
- J'ai dû le décevoir pendant le week-end et il a changé d'avis. Bien partons, il est inutile de nous attarder davantage. Je vais déposer la bague dans la chambre et je reviens.

Elle ôta l'anneau offert quelques jours plus tôt en pleurant. Elle avait l'impression de s'arracher le cœur.
« Comment ai-je pu me leurrer de cette façon, pourquoi suis-je si confiante dès qu'il s'agit de Pierre ? »

Elle essuya ses larmes et rejoignit Anne qui l'attendait, la mine sombre près de l'ascenseur.

Elle laissa les clefs au concierge en lui expliquant que Pierre rentrera sans doute ce soir avec des béquilles, puis elle s'en alla, le cœur lourd.

En arrivant chez elle, après le départ d'Anne, elle s'effondra en larmes. Les sanglots la secouèrent, cette fois elle y avait cru, avait aimé sans réserve et une fois encore elle avait été rejetée. Pourquoi ? Qu'avait-elle pu faire ou pu dire pour ne pas mériter d'être aimée ? Et comment quelqu'un pourrait-il s'attacher à elle quand ses propres parents avaient préféré confier son éducation à une voisine ?

En fin d'après-midi, elle se reprit, se doucha et se mit au lit, après avoir avalé un somnifère, elle se sentait aussi fatiguée que si elle avait couru un marathon. Son téléphone resté au fond de son sac dans l'entrée sonna avec insistance, mais mis sur vibreur, elle ne l'entendit pas.

Le lendemain matin, elle était attendue à neuf heures à la radio. Elle se rendit au studio sans passer par son bureau. Elle s'était un peu maquillée ce matin, afin de cacher sa pâleur. Elle est belle, distante et lisse et rien ne transpirait de ses affres intérieures, pour qui ne la connaissait pas.
L'entretien très professionnel, se déroula correctement sans chausse-trappe, aussi ne perdit-elle pas de temps et se dépêcha-t-elle de retourner à son bureau pour rendre compte de son intervention au « Dircom ».

Là, elle fut surprise de trouver un mot sur son bureau, écrit par France.
« Appelle-moi ! je n'arrive pas à te joindre. F ».

A nul autre pareil

Elle saisit son téléphone et s'aperçut que quinze appels étaient arrivés sur sa boite vocale. France pour dix appels ce matin, quatre de Pierre et un de Patrick datés d'hier soir.

Elle rappela France qui lui demanda :
- Où es-tu ?
- Je viens d'arriver au bureau.
- J'arrive, ne te sauve pas !

Quelques instants après elle entendit les talons de son amie frapper le sol sur un rythme rapide.
- Où étais-tu, bon sang ? dit-elle en entrant.
- Au studio pour l'entretien prévu.
- Non, hier soir.
- Chez moi, au lit avec la pilule de l'oubli.
- Tu n'en prends plus depuis longtemps ! dit-elle stupéfaite.
- Après m'être fait larguer une fois de trop, c'est la boite que j'avais envie d'avaler ! Je me suis arrêtée à une parce que je n'étais pas sûre de retrouver mon fils là-haut. Ajouta-t-elle un sanglot dans la voix.
- Ma chérie... Il a essayé de t'appeler, et constatant que tu ne répondais pas, il est devenu fou. Lorsqu'il a trouvé la bague sur la table de nuit, il s'est effondré, c'était le petit truc en trop. Patrick a eu du mal à l'arrêter et il a dû lui confisquer les béquilles pour le clouer sur son lit.

A nul autre pareil

- Je n'allais pas garder la bague alors qu'il m'a fait dire par ton beau-père qu'il repartait à Bordeaux après avoir démissionné. Je l'avais vu à l'hôpital juste avant et il ne m'avait pas soufflé un mot de ses projets. Il faisait la tête et comme une idiote, j'imaginais qu'il souffrait...
J'en ai marre d'être prise pour une imbécile, si tu savais... ajoute-t-elle en essuyant ses yeux avec ses doigts.
- Il était tellement mal que Patrick est resté avec lui toute la nuit et j'ai pris le relai ce matin avant de venir te chercher. Ses parents doivent arriver eux aussi pour l'aider et soit il s'est mal expliqué ou Patrick n'a pas tout compris mais il n'a jamais voulu rompre ! Il voulait te protéger en s'éloignant pour laisser passer la tempête qui sévissait ici et avoir le temps de considérer l'offre de son père de reprendre leur boite.
- Pourquoi ne m'a-t-il rien dit de tout ça ? Comment étais-je supposée prendre sa demande de le laisser seul à l'hôpital puis les propos de Patrick sur sa démission et son départ ? J'ai conclu qu'il s'était aperçu qu'il faisait fausse route et qu'il préférait partir discrètement, sans rien dire.
- Vous êtes salement compliqués ! Prend ton sac, je t'emmène chez lui que vous puissiez vous engueuler les yeux dans les yeux avant d'avoir ses vieux pour témoins.

- Ton beau-père …
- Il est en train de se prendre la tête avec les responsables de tout ce pataquès. Il sanctionne et licencie. Toi tu as fait ton job ce matin et maintenant je t'emmène voir ton mec avant qu'il perde les quelques neurones qu'il n'a pas encore grillés à avoir frayeur sur frayeur. J'ai fait des courses, tu auras assez pour les repas d'aujourd'hui, ta belle-mère prendra le relai. Je suis passée chez toi et je t'ai préparé un sac de dépannage, vous aurez ainsi, le temps de vous expliquer et de prendre les bonnes décisions.
- Je ne sais pas s'il y a encore quelque chose à expliquer. Ton fiancé de quelques jours soi-disant très amoureux, te demande de partir et ton patron qui t'explique dans la foulée qu'il quittait la boite et repartait à Bordeaux sans que tu en aies entendu parler… c'est assez clair, comment prendrais-tu la chose toi ?
- Super mal, c'est certain ! Après lui avoir mis un pain dans la gueule, j'aurais peut-être tout cassé avant de claquer la porte !
- D'abord, ta maman était présente et ensuite, rien ne lui appartient hormis les fringues et quelques livres, répond-elle en riant. Tu t'en serais prise aux biens de ton employeur !
- Ah tu ris à nouveau, tu vas mieux !

A nul autre pareil

- J'ignores si je vais mieux. Je me demande d'où vient ce problème de communication. Pourquoi ne me dit-il pas les choses ? D'un côté il affirme vouloir partager et dès que l'occasion se présente, il fait les choses de sorte que je comprenne le contraire de ce qu'il recherche.
- Je confirme vous êtes compliqués !

13

En fin de matinée, arrivées devant l'immeuble de Pierre, France déposa son amie et lui conseilla de la rappeler très vite, surtout si tout allait mal. France regarda la jeune femme sortir de la voiture mais elle arrêta son geste au moment où elle allait claquer la portière.
- Albane, comme disait Coco Chanel, « *Si vous êtes triste, ajoutez plus de rouge à lèvres et attaquez.* » Ne te laisse pas balader, si tu veux des réponses, pose les bonnes questions. J'espère que tout ira bien. Appelle-moi ! puis elle repartit aussitôt travailler sur ses dossiers.
Albane hésita à entrer, son cœur battant à folle allure à l'idée de revoir l'homme qu'elle aime mais qu'elle va perdre, elle en a l'intime conviction.

Après un temps d'hésitation, elle se redressa, traversa le hall, accompagnée par le concierge qui sans un mot, peut-être parce qu'elle n'arborait pas son grand sourire habituel, appela l'ascenseur.

A nul autre pareil

Un instant après, elle entra chez Pierre, dans le vestibule. Le silence écrasant dans l'appartement, l'accueillit, elle n'est pas sûre que Pierre soit encore là ou peut-être s'est-il endormi ? Elle pénétra sans bruit dans le salon vide et termina par la chambre. Pierre est sur le lit, endormi, couché sur le dos, sa jambe gauche bandée jusqu'à l'aine est prise dans une gouttière. De grands cernes soulignent ses yeux fermés et son visage est meurtri, les hématomes devenant foncés.
Elle s'approcha sans bruit, caressa son front en remontant la mèche de cheveux qui était tombée devant ses yeux. Il murmura tout en dormant :
-       Ma petite fée chérie…

Elle leva la tête, les yeux pleins de larmes qu'elle repoussa et souleva ses doigts lentement pour le laisser se reposer, quand une main ferme saisit son poignet.
-       Albane, ma chérie, tu es revenue ! dit Pierre d'une voix rauque en se réveillant.
-       France est venue me chercher, elle a raison, nous devons nous expliquer.
-       Pourquoi as-tu quitté l'appartement ?
-       Patrick m'a expliqué que tu avais démissionné et que tu repartais à Bordeaux, qu'ainsi je ne perdrais pas mon poste. Comment voulais-tu que je prenne cette annonce après ton accueil d'hier matin. J'ai compris que puisque tu

repartais à Bordeaux avec tes parents sans m'en parler, il n'y avait pas de raison que je m'éternise ici et que le port de ta bague n'était plus d'actualité.

- Ma chérie, j'ai eu tort mais je voulais te faire une surprise et elle s'est retournée contre nous. Approche-toi, viens t'assoir là près de moi. Demanda-t-il en se redressant contre les coussins.

Assis sur son lit, les jambes étendues, il lui tendit la main l'air implorant.

- Le week-end dernier, mes parents qui souhaiteraient prendre leur retraite, m'ont proposé de reprendre leurs affaires et il est vrai que du fait de l'ambiance créée par deux idiots chez Armand, c'était une offre à réfléchir. Et puis, ton père viendra en fin de semaine, pour te voir évidemment mais aussi pour mettre au point sa passation de pouvoir. Il espère me confier lui aussi ses entreprises pour que j'en sois le nouveau PDG. Je lui avais dit lorsque je l'ai vu que nous étions fiancés et il s'est renseigné sur mon parcours. Sa proposition est intéressante et cela pourrait se faire sans trop attendre. C'est pourquoi j'ai donné ma démission à Patrick dès notre retour de Bordeaux. Nous pourrions rester à Paris et je n'aurais qu'à aller à Bordeaux ou Evreux une fois par mois. Avec internet, le contrôle des DG des différentes sociétés serait simplifié.

- Pourquoi ne m'en avais-tu pas parlé avant ?

A nul autre pareil

- Je ne voulais pas te donner de faux espoirs et te perturber avant l'entretien que tu devais avoir à la radio, mais j'avoue que je ne m'attendais pas à cette réaction de ta part. Excuse-moi ma chérie et dis-moi que tu m'aimes toujours.
- Enfin Pierre, je ne peux pas aimer et ne plus aimer sur un claquement de doigts, en revanche ton attitude est critiquable. Tu voulais me faire une surprise mais tu faisais la tête, tu m'as demandé de partir, tu as démissionné dans mon dos et tu devais déménager à Bordeaux, tous les signaux étaient au rouge pour moi et je ne comprenais pas ce qui avait motivé ton brutal et très silencieux retrait.
- Mon but n'était pas de t'inquiéter, je t'assure et l'idée de rompre ne m'a jamais traversé l'esprit et puis au lieu d'accepter de me laisser partir sans rien dire, tu aurais pu me voler dans les plumes, m'agonir d'injures, défendre ton pré carré. Imagine ma réaction lorsque j'ai trouvé la bague sans un mot d'explication.
Comment as-tu pu accepter ces informations comme une rupture sans essayer de la comprendre alors que je t'aime et te recherchais depuis dix ans ?
Viens dans mes bras, ma chérie, j'ai cru devenir fou lorsque j'ai réalisé le chagrin que j'avais dû provoquer. Nous devons impérativement améliorer notre communication et tu ne dois plus douter de

moi, mon cœur. Je t'aime et je m'engage pour la durée de ma vie. Veux-tu reprendre ta bague ? Je t'aime tellement et j'ai tant besoin de toi.

Ils discutèrent longtemps, plus qu'ils ne l'avaient jamais fait, de leurs envies et de leurs espoirs, s'ouvrant l'un à l'autre et ne gardant rien pour eux de leurs inquiétudes ou de leurs hésitations.
- C'est idiot ce que je vais dire mais j'ai le sentiment que cette crise nous a fait du bien en nous obligeant à être plus clairs.
- Sans doute mais nous aurions dû être capables d'échanger sans avoir à verser de larmes. Ton père devrait venir jeudi ou vendredi afin de finaliser le projet de reprise qui va sans doute nous occuper quelques jours et pour lequel tu devrais avoir ton mot à dire, devenant dans les faits la nouvelle propriétaire majoritaire.
- Propriétaire majoritaire et ma mère dans l'affaire ? Je la croyais propriétaire de l'entreprise.
- Elle a vendu peu à peu ses parts à des investisseurs extérieurs, pendant des années, sans prévenir ton père. Ton père ignore ce qu'elle a fait de son argent mais dès qu'il s'en est aperçu, avec l'aide d'un tiers, il a réussi à racheter la majorité des actions qui étaient mises sur le marché, afin que tu ne sois pas dépossédée. Sans le savoir, ta maman a vendu l'entreprise à ton père qui l'a rachetée pour toi. Aujourd'hui, ta mère ne pèse plus rien et mon

impression est que ton père sitôt à la retraite, partira vivre sous d'autres cieux, loin d'elle. Il a été déçu par son épouse, le travail a été un refuge surtout à partir du moment où tu as suivi Anne et France. D'un point de vue professionnel sa carrière est une brillante réussite.

- Et sa vie personnelle a été un désastre… Bon il arrivera bientôt et vous serez seuls toute la journée. Il commence à être tard, veux-tu que je prépare un déjeuner à réchauffer ?

- Non inutile, j'ai un téléphone et une carte, je préfère que nous soyons livrés et te sentir là contre moi plutôt que de savoir que tu t'agites seule dans la cuisine.

- Tu sais qu'il faudra que j'aille au bureau dans l'après-midi, demain matin j'aurai des comptes à rendre sur l'entretien de ce matin. Quand faudra-t-il que tu rendes l'appartement ?

- Patrick m'a proposé d'y rester quelques jours, le temps de me rétablir et de pouvoir marcher sans trop de difficultés avec des cannes. Je ne pourrai pas poser mon pied au sol avant un moment et je pensais acheter une maison ou un grand appartement. Il faudra y réfléchir afin de préciser ce que nous voulons et puis, nous avons toujours ton appartement en dépannage. Il ferait l'affaire pour quelques mois, même s'il est petit.

A nul autre pareil

- Tu dis « nous » mais tu dois savoir que je n'ai pas d'économies ou si peu, que ma participation à notre installation sera symbolique...
- D'après ce que ton père m'a dit, à l'insu de ta mère, il t'a constitué un fond dès ta naissance et il l'alimente régulièrement. J'ignore quel est son montant et je n'ai pas posé la question mais il était beaucoup plus attentif à préserver tes finances que tu l'as cru.
- Alors que j'aurais eu tant besoin de son soutien lorsque Pierrick était là… et je ne parle pas d'argent, je travaillais et j'arrivais à boucler nos fins de mois, même si c'était juste. C'est dommage tout ce temps perdu.
- Voilà pourquoi vous devriez fournir des efforts pour mieux vous comprendre et vous rapprocher. En bref, j'ai le sentiment qu'il n'a vécu que pour toi et la société.

Albane est plus touchée qu'elle veut bien le montrer par les propos de Pierre aussi essaye-t-elle de se réfugier dans une activité concrète :

- Il est plus de treize heures, je vais m'occuper de commander un déjeuner et je devrai retourner au bureau, au moins un moment. Arriveras-tu à t'en sortir tout seul sans commettre d'imprudences ?
- Il faudra m'aider à aller dans la salle de bain après le déjeuner et je passerai le reste de l'après-midi à t'attendre. Anne devrait passer, Patrick lui a

confié une clef et je commencerai à nous chercher un nid agréable, internet sera une nounou efficace.

Lorsqu'elle revint il était presque dix-neuf heures. Elle trouva Pierre les lunettes sur le nez concentré sur le site d'une agence immobilière.
- Tout va bien au bureau, ma chérie ?
- Oui, j'ai trouvé qu'il y avait un silence pesant dans les couloirs mais je n'ai pas eu le temps de me renseigner car je voulais traiter le compte-rendu de l'entretien pour mon patron avant ce soir. S'il y a eu un drame, nous l'apprendrons par France pour ma part, j'étais pressée de rentrer.

Elle s'assit sur le bord du lit et fut happée par le bras de Pierre qui lui réclama un baiser. Là contre lui, immergée dans le parfum de son corps d'homme, elle se détendit. Elle eut le sentiment d'être arrivée au port après avoir longtemps erré.

Leur soirée se passa tranquillement, ils furent avertis que les parents de Pierre arriveraient le lendemain dans la matinée et qu'ils ne seraient plus en tête à tête pendant quelques jours. Albane avait proposé de rentrer chez elle pendant leur séjour afin de les laisser en famille, ce que Pierre avait refusé.
- Je ne te vois pas de la journée, ne me prive pas de toi le soir et mes parents savent déjà que nous sommes ensemble depuis longtemps, nous

avons même été parents d'un petit garçon tous les deux. Dès que je pourrai marcher à nouveau, je tiens à aller en Bretagne, ce sera la première chose que nous ferons.

- Je ne discuterai pas de cela avec toi, j'aime vraiment ce coin de paradis et Pierrick s'y rendait volontiers parce qu'il le trouvait beau et parce qu'il considérait Loïc et Sandrine comme ses grands-parents. Je reconnais qu'ils ont le cœur grand ouvert !

- Tu aimerais y posséder une résidence secondaire ? Ce ne serait pas trop loin de Paris.

- Peut-être mais cette réflexion me parait prématurée. Il faudrait déjà arriver à avoir un apport suffisant pour pouvoir acheter un appartement.

Elle est surprise par le bruit sourd d'un rire étouffé qui résonne dans la poitrine de Pierre, derrière elle.

- Ma chérie est une femme prudente et économe, remarque-t-il en l'embrassant.

Ton père m'a appelé cet après-midi. Je lui ai dit que j'avais eu un accident mais il viendra vendredi soir et nos parents se rencontreront. J'ai pensé que samedi soir, nous pourrions inviter France, Marie et Patrick, afin que mes parents et ton père connaissent nos amis. Je pourrais demander à Aldo, le restaurateur italien de nous livrer les repas ici, qu'en penses-tu ?

A nul autre pareil

- Si tu veux mais je devrais arriver à préparer un plat de pâtes et un rôti de bœuf, ce serait moins ruineux même si nous devons acheter un gâteau pour le dessert.
- Tu serais moins disponible si tu es prise par la cuisine et je pourrai payer Aldo sans que ce soit un effort, ne t'inquiète pas. Au lieu d'être en cuisine, tu pourras t'occuper de moi, je serai le grand bénéficiaire de l'opération.

Ils rirent et s'amusèrent. Albane s'aperçut qu'elle gagnait en insouciance et en légèreté.
« Le poids de cette décennie s'éloigne mais quelle sera la prochaine tuile ? Profite ma vieille ! » se disait-elle en ne doutant pas que la vie l'attendrait au tournant.

Pendant la nuit, elle se réveilla et repensa à son père qu'elle reverra après dix ans d'absence et peu de démonstrations d'affection avant ce qui l'avait amenée à penser qu'elle avait déçu ses parents ou que quelque chose en elle ne leur plaisait pas. Enfant et adolescente, elle avait longtemps ressenti une sorte de culpabilité de ne pas avoir su les satisfaire. Ce n'est que maintenant qu'elle comprend qu'elle n'était pour rien dans leurs attitudes. Ses parents ne se supportaient pas et cette détestation réciproque rejaillissait sur elle qui n'était que la progéniture née de leur union.

« Je n'avais rien fait de mal… quoi que je fasse, ma mère m'aurait regardée avec la même répugnance ! Ce n'était en rien ma faute ! »

Une larme coula au coin de ses yeux,
« Je pleure mais je suis idiote, il n'y a rien à regretter, Anne avait raison lorsqu'elle me le disait et aujourd'hui, je me fiche de tout cela et je n'ai plus besoin de celle qui m'a donné la vie, je suis la femme de Pierre et je sais qu'il m'aime. »
Calmée et sans plus d'inquiétudes elle s'endormit profondément en tenant la main de son fiancé.

Réveillée à sept heures elle soutint Pierre qui souhaitait se rendre dans la salle de bain puis elle se dirigea vers la cuisine afin de préparer le petit déjeuner.

14

Aujourd'hui, jour d'arrivée des parents de Pierre, Albane un peu stressée se leva tôt pour se rendre à son bureau. Pierre avait promis d'être prudent et lui avait assuré être en suffisamment bon état pour se déplacer seul sur de courtes distances avec ses cannes. Malgré ce discours rassurant, ces petits déplacements sans assistance inquiètent la jeune femme parce que quoi qu'il en dise, il ne lui parait pas encore assez vaillant pour rester seul.

Pierre avait appelé Patrick pour le prévenir qu'Albane ne pourrait pas être au bureau toute la journée mais qu'elle télétravaillerait, ce qui convient au PDG, l'essentiel pour lui, est que le travail soit fait. Patrick avait lu son compte-rendu de l'entretien, et l'avait entendue s'exprimer sur les ondes, il se déclara très satisfait de cette prestation.

A nul autre pareil

Albane revint en fin de matinée et rencontra les parents de Pierre dans le hall, prêts à s'annoncer au concierge.

- Bonjour Madame, Monsieur, j'arrive au bon moment. J'ai dû laisser Pierre seul ce matin, il ne m'a pas appelé, j'imagine donc qu'il va bien. Suivez-moi, son appartement est tout en haut.

Ils pénétrèrent dans l'ascenseur et entrèrent dans le vestibule près du salon. Ils aperçurent Pierre de dos, la jambe posée sur la table basse, captivé par un reportage sur les îles Marquises à la télévision.

- Ma chérie, ces îles sont sublimes, je voudrais t'y emmener, dès que je serai en état de marcher si nous le pouvons, déclara-t-il sans se retourner.

- Hum, si tu reprenais la boite comme prévu, tu risquerais de ne pas en avoir le temps, déclara son père.

- Papa, maman ! excusez-moi, je pensais qu'Albane était revenue du bureau. Pardonnez-moi de ne pas me lever. Avez-vous fait un bon voyage ?

- Oui tout va bien, dit sa maman en l'embrassant. Tes hématomes sont spectaculaires, comment te sens tu ?

- Handicapé dans ma mobilité, heureusement qu'Albane est là, mais elle ne peut pas laisser tomber les Armand pour s'occuper de moi à temps

plein pendant quelques jours. Elle va essayer de télétravailler, Patrick le PDG, est très compréhensif.
- Je suis là à présent, je vais m'occuper de toi.
- Merci maman mais tu es ma mère, Albane est ma femme, ce n'est pas pareil.
- Je sais bien mais pour t'aider dans la douche, ton père sera plus efficace qu'Albane ou moi. Il a sans doute encore plus de forces que nous deux réunies.
- Il est certain que papa aurait plus la capacité de me rattraper si je venais à glisser.
- Madame, j'ai préparé la chambre d'amis. J'espère qu'elle vous conviendra.
- Ne vous inquiétez pas Albane, s'il nous manquait quelque chose, je saurais vous le demander.
- En fait, Pierre ne possède pas grand-chose ici. Il ne se plait pas dans cet appartement meublé de verre et d'acier et voudrait en changer. Quant à moi, depuis peu, je fais des allers-retours entre mon logement et celui-ci en fonction de la disponibilité de Pierre ou de nos projets.
- Afin de parler de votre mariage, nous aimerions profiter de ce que nous sommes ici pour rencontrer vos parents, annonça le père de Pierre.
- Vous rencontrerez mon père samedi, il doit venir pour parler affaires avec Pierre et il dinera avec nous ainsi que nos amis dont Anne qui m'a

quasiment élevée. Ainsi vous saurez tout de notre environnement.
- Mais votre mère ?
- Ma mère ne voulait pas d'enfant. Je suis née mais je ne l'ai jamais intéressée. Elle ne sera pas invitée au mariage.

La maman de Pierre parut choquée mais Albane préféra ne pas évoquer davantage celle qui lui a donné le jour. Son père le fera à sa façon s'il est interrogé.

« Mon père, je vais bientôt le revoir... J'appréhende cette rencontre. Il y a si longtemps que je ne l'ai plus vu et nous n'avons jamais été très à l'aise ensemble, il n'était pas vraiment démonstratif et j'étais déçue et empruntée. Pourtant il a veillé au grain d'après Anne. Enfin, qui vivra, verra... »

Les parents de Pierre s'installèrent pendant que la jeune femme préparait un repas simple. Elle les entendit rejoindre leur fils après avoir déposé les valises dans leur chambre et discuter ensemble.

Lorsque tout fut prêt, elle prépara un plateau pour le blessé et demanda à ses parents de la rejoindre à table.
- Ce n'est pas bien commode de savoir Pierre seul devant la télévision, déclara sa mère.
- Vous avez raison, c'est frustrant mais il ne doit pas prendre de risques pour le moment et

marcher le moins possible. L'accident est récent et il a beaucoup insisté pour sortir de l'hôpital. Il a eu de la chance de ne pas être davantage blessé.

La conversation dévia sur l'exercice de ce nouveau métier dans les relations publiques après quelques années passées à enseigner.

Pour le café, ils rejoignirent Pierre, qui tendit son plateau à Albane.
- Viens vite t'assoir près de moi. Je ne t'ai pas vue depuis que tu es revenue du bureau.
- Tu as tes parents pour te tenir compagnie, tu n'es pas seul et je voudrais finir de ranger la cuisine.
- Oui mais tu sais, *« Quand un seul être vous manque, tout est dépeuplé... »,* annonça-t-il l'air malheureux.

Si le père de Pierre éclata de rire, sa maman murmura sur un ton aigrelet :
- Il est charmant ce garçon qui cite Lamartine, est-ce bien moi qui l'ai élevé ?
- Ne sois pas jalouse ma chérie, je préfère le savoir amoureux que vivre en moine et regarder les années passer. Quel sera le programme de demain ?
- Demain samedi, Albane n'ira pas travailler, peut-être ira-t-elle faire quelques courses ? Nous attendons son père dans la matinée. Il aimerait que je reprenne les rênes de ses entreprises, parce qu'il

A nul autre pareil

souhaiterait prendre sa retraite or sa fille unique si elle est une spécialiste des Lettres anciennes, ne connait pas grand-chose à l'économie ou à la gestion et elle n'a pas été préparée pour cette reprise. J'espère que leurs retrouvailles se passeront bien ! Le soir, j'ai commandé le diner chez un restaurateur que j'aime bien et ainsi vous connaitrez nos amis. Anne la femme qui a élevé Albane comme sa fille, sa fille, l'inimitable France, une des avocates du bureau juridique d'Armand, l'époux d'Anne, Patrick qui est le PDG des entreprises Armand. Il est solide et de bon conseil.

- Avez-vous fixé une date pour le mariage ?
- Non, nous venons de nous fiancer et nous aurons des changements à absorber avant de pouvoir le faire.

Albane les rejoignit, la conversation roula sur le temps, la politique du moment, puis les parents décidèrent d'aller faire un tour au Trocadéro et partirent en promenade, laissant le jeune couple en tête à tête pour la fin de l'après-midi.

L'intention était bonne mais c'était sans compter sur une arrivée inattendue qui déclencha la sonnerie de l'arrivée de l'ascenseur dans le vestibule. Lorsque la jeune femme venue accueillir le nouvel arrivant se retrouva devant cet homme qu'elle reconnut bien qu'il eût beaucoup changé, elle resta muette et un peu statufiée.

- Bonjour Albane, tu me reconnais, n'est-ce pas ?

Elle fit un signe de la tête, toujours muette et s'écarta pour le conduire jusqu'à Pierre. Le nœud qui lui serre la gorge est trop important pour qu'elle puisse prononcer un mot, seul un filet d'air arrive à passer. Elle a devant elle la preuve de la décennie qui s'est écoulée, son père a beaucoup vieilli pendant ce temps.

- Excusez-moi de ne pas me lever, je suis condamné à être assisté pendant quelques semaines.

- Aviez-vous reçu mon message ? Albane a eu l'air surprise de me voir.

- Oui mais elle est revenue du bureau au moment où mes parents arrivaient. Albane s'est occupée du repas et de les installer, si bien que j'ai oublié de l'avertir. Ce qui n'est pas plus mal, elle a été surprise mais ne s'est pas inquiétée au préalable. Avez-vous fait bonne route ? Voulez-vous boire quelque chose ?

- Merci, je n'ai besoin de rien. Que vous est-il arrivé ? ajoute-t-il montrant la jambe de Pierre de la tête.

A nul autre pareil

Albane s'assit un peu raide, près de Pierre, face à son père. Pierre qui avait noté sa pâleur et sa respiration difficile, discute en tenant sa main, tout en la surveillant. Il se rassure et se décontracte lorsqu'il la sent se détendre peu à peu.
Il constate aussi que le père est observateur et ne rate rien de leurs échanges silencieux. Lui aussi se détend, il a compris qu'il n'y aura pas de pleurs ni de cris à gérer.

Volontairement, Pierre aiguilla la discussion sur les affaires et le souhait de son père qu'il reprenne l'entreprise bordelaise. Le sujet est à peu près neutre et accoutume Albane à la présence de celui qui fut le grand absent de sa jeune vie.
- Albane, il faudra que nous en parlions mais je voudrais que tu sois certaine que j'ai pensé faire ce qui était le mieux pour toi, c'est-à-dire te tenir loin de Marie, ta mère. Ce fut difficile pour moi, de me priver de ta présence mais je ne pouvais lui permettre d'hypothéquer ton avenir. Elle s'est vengée en nous séparant lorsque tu aurais eu besoin de mon aide en ne me disant rien de tes difficultés, je t'aurais épaulé si j'avais su et j'aurais aimé connaitre Pierrick. C'est l'essentiel de ce dont tu dois être convaincue, le reste c'est du détail. Je voulais te dire aussi que je suis fier de toi, malgré les difficultés tu as réalisé un beau parcours universitaire et le couple que tu formes avec Pierre

me plait, même si je ne vous ai pas encore beaucoup fréquentés.

- Merci… papa. Je vais vous laisser seuls un moment. Où loges-tu ? demande-t-elle sa voix reprenant un peu d'assurance.

- J'ai pris une chambre dans un hôtel tout près d'ici et je suis venu à pied.

Elle lui adressa un signe de tête et s'éloigna, laissant les deux hommes en tête à tête.

Sans perdre de temps, ils abordèrent les raisons professionnelles de la présence du père d'Albane à Paris et ils trouvèrent un accord pour une prise de poste mi-février, lorsque Pierre aura totalement récupéré son autonomie, ce qui ne l'empêchera pas d'être informé des décisions à prendre d'ici là.

Puis vint la question importante de la date du mariage.

- Nous sommes fiancés et sûrs de nous. Anne et Albane doivent en parler entre elles afin d'organiser l'événement mais je doute qu'il se fasse avant l'été prochain. Il y a des délais de préparation, de location de salle etc…qui sont longs.

- En attendant le mariage religieux, rien ne vous empêcherait de vous unir civilement et ces papiers d'état civil simplifieraient nos dossiers.

- Je serais d'accord mais c'est Albane qu'il faut interroger.

Ne pouvant se déplacer, il l'appela sur son portable :
- Chérie, pourrais-tu venir s'il te plait ?

Quelques instants après, Pierre lui expliquait qu'il reprendrait mi-février la suite de son père mais qu'il serait bien plus simple qu'ils soient mariés afin d'être nommé coadministrateur pour la gestion de ses biens.
- Nous n'aurons pas le temps...
- Pour le mariage avec nos amis etc, tu as raison, il ne pourra au mieux que se tenir l'été prochain. En revanche, nous pourrions nous marier à la mairie en petit comité avec nos amis proches et nos parents. Il ne faudrait que peu de temps, une quinzaine de jours à peine et tous les dossiers de transmission des entreprises en seraient simplifiés. Te sentirais-tu prête à devenir mon épouse aux alentours de Noël afin d'attendre le retour de Marc ?
- Si tu es sûr de toi autant que je le suis de moi, faisons cela si c'est plus simple. Papa serais-tu présent ?
- Ce serait un honneur pour moi que j'ai conscience de ne pas mériter, ma fille.
- Oublions ces histoires, nous devons nous convaincre que nous avons fait pour le mieux avec les billes que nous avions dans nos sacs.

A nul autre pareil

J'aimerais que nos relations soient plus fréquentes et plus saines mais je ne t'obligerai à rien.

Le père ému se lève pour prendre sa fille dans ses bras.

- Si tu savais ma chérie, combien tu m'as manqué mais en restant à l'écart, je te protégeais. C'était devenu la seule solution.

L'émotion vibre dans la pièce et sature l'ambiance, ils sont tous au bord des larmes mais heureusement l'arrivée de l'ascenseur les sort de ce moment de grand trouble.

Albane et son père sont debout encore enlacés et un peu rouges d'émotion lorsque les parents de Pierre arrivèrent chargés de paquets.

- Mon épouse voulait visiter le Trocadéro mais elle a aperçu quelques boutiques qu'elle a dévalisées comme si nous n'avions pas les mêmes à Bordeaux. Ah les femmes ! Bonjour monsieur, je suis Jean, le père de Pierre.
- Et moi Renaud, celui d'Albane. Enchanté de vous rencontrer. Mes hommages chère madame.
- Papa, maman, nous allons nous marier civilement aux alentours de Noël. La date dépendra de celle du retour de Marc. Renaud voudrait me nommer coadministrateur des biens d'Albane mais pour cela il vaudrait mieux que nous soyons mariés.

A nul autre pareil

- Depuis le temps que vous êtes ensemble, voilà une nouvelle qui me plait ! Qui seront vos témoins ?
- France et Marc.
- C'est parfait ! J'aime beaucoup le grand Marc ! J'en suis très heureuse, déclara la maman de Pierre avec un grand sourire.

La discussion s'élargit, Albane partit préparer un plateau pour l'apéritif et regarder ce qu'elle avait dans le réfrigérateur pour préparer un diner pour cinq adultes. Finalement, elle commanda des pizzas qu'ils partageront sur la table basse du salon afin d'éviter de laisser Pierre seul, un plateau sur les genoux.

15

Les deux jours passèrent vite, la maman de Pierre a bien compris que pour l'organisation du mariage c'est à Anne ou France qu'elle devra s'adresser car en plus ce sont elles qui détiendront le confortable budget confié par Renaud pour l'événement. Les trois femmes se sont bien entendues et la personnalité réservée bien que déterminée d'Albane, plait à sa belle-mère. Elle donne son avis, parfois fermement mais veille à ne pas blesser ses interlocuteurs et ce trait de personnalité jumelé à une certaine réserve lui plait infiniment plus que les sorties apparemment non maitrisées bien que souvent justes de France.

« Comment peut-on être aussi différentes et bien s'entendre ? Albane n'est pas soumise, elle sait s'imposer, mais elle ne porte pas de jugement péremptoire et laisse une porte de sortie à ses interlocuteurs. Pierre ne pouvait pas espérer nous présenter une jeune femme qui nous plaise davantage. »

Les parents rassurés sur cette alliance et sur l'état de santé de leur fils, restèrent quelques jours pour l'aider au quotidien et établirent à sa demande après les avoir visités, une sélection de maisons de ville et d'appartements libres, susceptibles d'être acquis sans autres délais que ceux du notaire.

Albane et Pierre en échangèrent beaucoup et arrêtèrent leur choix sur un grand appartement avec terrasse, au dernier étage d'un immeuble bien situé dans une rue en impasse du seizième arrondissement, avec un lot de deux places dédiées dans le parking souterrain. Il y aura un rafraichissement à prévoir mais sans aucune sorte de travaux plus lourds.
- Il faudra prévoir l'acquisition de mobilier au moins un minimum pour démarrer, déclara la maman de Pierre.
- Nous verrons au fur et à mesure de nos trouvailles, ce sera un plaisir que de construire notre nid, n'est-ce pas ma chérie ?
- Pierre, répondit-elle l'air gêné, nous avons fait un choix d'appartement sans nous préoccuper des prix. Es-tu certain que l'acquisition de cet appartement rentrera dans notre budget et que nos revenus permettront de rembourser l'emprunt ?

Ses beaux-parents la regardèrent surpris et Pierre la pris contre lui.

- Nos parents ont décidé de nous l'offrir, chaque famille assumera la moitié du prix. Ne te tracasse donc pas ma petite fourmi, des cigales œuvrent pour nous, laisse-toi faire.
- Oh, je l'ignorais, merci, c'est un magnifique cadeau ! répondit-elle en regardant les parents de Pierre.
- Avec votre père, nous pouvons vous offrir cet appartement aussi puisque vous n'avez pas de contrainte financière, choisissez celui qui vous plait vraiment.
- Celui-ci me parait bien, il est grand, il a une terrasse et les commodités ne sont pas éloignées. Il faudrait toutefois que nous allions le visiter afin d'être sûrs de nous.
- Quand pourras-tu marcher avec des cannes Pierre ?
- Dans le courant de la semaine prochaine je suppose, après avoir passé des radios et obtenu le feu vert des médecins. Mettez une option sur celui-ci que nous irons visiter aussi vite que possible. Si l'attente n'était pas envisageable, vous pourriez aller le voir avec Albane. Je me fie à votre bon goût et vous savez ce que j'aime.

L'agence immobilière préféra qu'une visite de l'appartement soit organisée sans attendre parce que la vente aurait été confiée à d'autres agences concurrentes. Un rendez-vous fut donc fixé sans Pierre.

Albane fut surprise par l'espace et la clarté de cet appartement qui se trouve sans vis-à-vis au-dessus des arbres de la rue. Un escalier part du fond du couloir desservant les quatre chambres, pour aboutir dans une vaste pièce sous les toits, sans doute une ancienne chambre de bonne. Pierre pourrait y installer son bureau et y travailler au calme les jours où il ne se déplacerait pas. La grande salle de séjour, prolongée par une belle terrasse est très agréable et sera facile à aménager et la cuisine est une vraie pièce accueillante. L'état général de l'appartement est très satisfaisant, un peu de peinture suffira pour qu'il soit habitable.

Albane est très contente. Elle a pris de nombreuses photos et promet une réponse dans les vingt-quatre heures à la conseillère de l'agence. Les photos sont à peine parties que Pierre répond :
- Arrêtez la vente ! C'est OK.

Elle rappelle la conseillère qui se révèle ravie d'avoir conclu l'affaire si vite. Un rendez-vous est pris avec elle afin de signer les documents de vente et de remettre un chèque.

A nul autre pareil

- Tout ira vite puisqu'il s'agira d'une vente au comptant, promit-elle. Je vous appellerai pour le rendez-vous chez le notaire.

Satisfaits, les parents décidèrent d'aller se promener pendant qu'Albane rejoignait Pierre. Elle est un peu suffoquée de constater qu'autant d'argent ait pu être engagé sans sourciller pour l'achat d'un magnifique appartement. Elle réalisa alors que cette alliance lui faisait quitter son monde financièrement étriqué, pour un autre et elle se demanda si elle en possédait les codes et de quelle nature seront les difficultés auxquelles elle devra faire face.
« Tu seras accompagnée par Pierre, sa vie n'a rien d'ostentatoire et tu ne devrais pas être mal à l'aise, Anne t'a donné une éducation rigoureuse et tu en sais plus sur le savoir-vivre que bien de tes congénères. Tu as été préparée sans le savoir. »
Elle se rassure mais va toutefois essayer d'en échanger avec Pierre.

Elle le retrouva assoupi devant la télévision.
- Cet arrêt brutal de toute activité est mortel ! Ma réflexion est en panne et je consomme des images sans qu'elles s'impriment dans ma mémoire, je suis incapable de te dire ce que j'ai regardé en votre absence. Alors cet appart, tu nous imagines y vivre.

A nul autre pareil

- Il est vraiment bien, vaste et clair, J'ignore son prix mais je suppose qu'il n'était pas donné. Ton père s'occupera des papiers, nous n'aurons qu'à aller chez le notaire ou le faire venir ici si tu es toujours bloqué. Tu sais n'est-ce pas, que je ne suis pas habituée à ces facilités financières. J'espère que je ne commettrai pas d'impair lorsque je rencontrerai des gens qui comme toi n'ont pas à hésiter avant de satisfaire une envie.
- Ma chérie, mes parents ont été à l'aise mais ils avaient un budget et tenaient leurs comptes. La bride était certainement moins serrée que la tienne et ils avaient de la réserve en cas de pépin mais autrement, leur comportement était prudent, autant que tu l'es et ils n'achetaient pas n'importe quoi sur le coup de l'envie. Nos revenus devraient permettre que tu ne travailles pas si tu ne le souhaites pas mais en la matière, tu seras seule à décider.
- Lorsque Pierrick était avec moi, je regrettais de manquer de disponibilité pour m'en occuper à temps plein. Si nous avons des enfants, peut-être qu'un temps partiel me tenterait ! Nous n'y sommes pas encore aussi inutile d'y penser.
- Non, viens plutôt t'occuper de moi, je déteste rester seul sans toi et je n'aime pas être désœuvré. Heureusement, ton père m'a proposé de prendre quelques affaires en charge afin de m'occuper tout en me familiarisant avec le groupe. Je suppose que

nous allons bien nous entendre, il est intéressant et facile à vivre. Il reviendra dans le courant de la semaine prochaine avec des dossiers. Si mes parents étaient partis à ce moment-là, il se pourrait qu'il s'installe ici et avec un peu de chance, je pourrai me déplacer avec les cannes.

- Ne cherche pas à aller trop vite, je présume que mon père s'adaptera à tes capacités. Je suis bien là, ajouta-t-elle en s'alanguissant contre lui, je me laisse porter et c'est bien la première fois que je n'ai aucune sorte de souci ! murmura-t-elle.

- C'est parfait ma chérie, profitons de ce temps de paix, c'est ainsi que je te veux, détendue et amoureuse de moi.

- Tu ne t'es jamais inquiété de susciter des envies ou un complot pour te faire épouser, de la part de femmes sans trop de scrupules ?

- Tu sais que nous ne sommes pas au cinéma mais dans la vraie vie, tu connais mes parents et je ne fréquenterais pas la première femme venue, c'est de toi dont j'avais besoin, de toi que je rêvais, j'avais déjà rencontré la femme de ma vie et n'était plus disponible pour les autres.

Elle éclata d'un rire moqueur :
- Comment qualifierais-tu notre rencontre ? J'étais bel et bien n'importe qui, croisée par hasard et nous nous sommes laissé emporter sans hésitation ni l'ombre d'une ébauche de réflexion.

- C'était un acte fou pour tous les deux mais tu n'as rien d'une racoleuse ! C'est bien aussi de savoir que dans certaines situations nous sommes capables de spontanéité et de céder à la tentation, cependant depuis cette unique séquence je n'ai pas eu l'envie de renouveler l'expérience.
- Cela me parait à peine croyable ! Tu es resté chaste pendant longtemps alors que je croyais que les hommes avaient du mal à contraindre leur libido.
- Les gens racontent souvent n'importe quoi. En matière de sexualité masculine, tout est affaire de circonstances et de volonté. Aujourd'hui, je ne suis plus dans la même situation et je ne dirais pas non à un câlin, murmura-t-il contre sa joue.
- Tu choisis mal ton moment mon chéri, j'entends l'ascenseur.
- Mmm. Ils tombent mal ! J'ai hâte d'être seul avec toi, ma douce.

Elle éclata d'un rire joyeux à cette réflexion empreinte d'une forte frustration, ce qui l'amusa lui aussi.

- Tout va bien les enfants ? Nous avons fait une belle balade. Nous avons décidé de repartir demain matin. Tu pourras sans doute te déplacer très vite et je dois me rendre à l'usine où une machine est en panne et a mis le reste de la chaine à l'arrêt. Albane arriverez-vous à gérer notre fils ?

A nul autre pareil

- Je pense que oui, ne vous inquiétez pas. Monsieur Armand a accepté que je télétravaille. Si Pierre est prudent nous devrions nous sortir de cette convalescence sans trop de difficultés.
- Oui rentrez sans inquiétude, je vous promets de faire attention et Albane s'occupera de moi. J'ai besoin d'être dorloté !

Ce qui déclencha un nouvel éclat de rire de la jeune femme et un sourire chez ses parents.

« Elle rit et s'amuse d'un rien, que j'aime la voir ainsi, sentir les ombres du passé desserrer leurs griffes et s'en retourner là où est leur place, dans le passé. J'espère que notre vie ensemble sera belle, elle mérite le bonheur. » pensa Pierre.

- Hum, si je comprends bien, le petit couple a besoin d'être seul, murmura la maman en échangeant un regard complice avec son mari.

Peu après, ils prenaient l'apéritif en commentant un match de rugby, ce qui en bon Bordelais, passionnait le père de Pierre. Il avoua supporter le club UBB depuis plus de vingt ans et participer à son financement, ce qui déclencha une vive discussion entre le père et le fils qui avoua préférer le Stade Toulousain.

- Peut-être mais tu n'es pas chez toi à Toulouse alors que Bordeaux t'a vu naitre.

- Je ne comprends toujours pas ce chauvinisme mais bon, je ne veux pas me disputer.

Ils se séparèrent peu de temps après le diner. Pierre a commencé à se déplacer seul sur de courtes distances et ne semble pas en souffrir. Son père lui a installé une chaise en plastique dans la douche afin qu'il ne risque pas de glisser et c'est satisfaits de leur séjour que le vieux couple se retira dans sa chambre.

Le lendemain, à neuf heures et demie, ils reprirent la route vers le sud.

Aujourd'hui, Albane devra assister à une réunion et reviendra ensuite à l'appartement avec des éléments à mettre en forme, pour constituer un dossier en vue d'une communication télévisée. C'est un beau projet à préparer en interne avant de le mettre en œuvre avec l'équipe envoyée par la chaine.

Elle s'enthousiasma pour ce dossier que Patrick lui a demandé de traiter de bout en bout, même si le directeur de la Communication a protesté. Il avait espéré qu'il lui serait confié quitte à ce qu'il le délègue ensuite à Albane pour l'exécution de la préparation. La réunion est suspendue jusqu'à nouvel ordre et elle a l'autorisation de rentrer travailler chez elle et de réfléchir au projet.

Embarrassée, elle regarde les deux hommes s'éloigner vers le bureau de Patrick et pressent qu'elle sera au cœur de leur discussion. Albane est à peu près certaine que son patron n'était pas favorable à son embauche car auparavant, s'il se chargeait d'encadrer la communication, il se réservait les relations publiques qui lui offraient une fenêtre sur le monde hors de l'entreprise. Il lui avait avoué, un peu amer, quelques jours après son arrivée, que depuis son embauche son poste avait perdu de son intérêt même si en tant que directeur du service, il devait l'aider à faire aboutir les dossiers et encadrer son travail. Elle a le sentiment de lui avoir enlevé le hochet avec lequel il se faisait connaitre hors de l'entreprise et satisfaisait son ego.

Elle remit ses papiers dans leur pochette, referma son ordinateur et partit rejoindre Pierre.

16

Quelques jours passèrent, Pierre se déplace plus facilement, sa jambe est en bonne voie de cicatrisation, le plus long sera d'attendre la consolidation de la fracture.

Il travaille sur la reprise des entreprises comme cela a été convenu avec son père et son futur beau-père qui en quelques jours s'est beaucoup rapproché du jeune couple. Renaud s'entend bien avec Pierre qui ressent de l'estime pour cet homme meurtri et Albane échange maintenant avec lui sans difficultés malgré ses réserves du début. Elle a admis ses choix et compris combien ceux-ci ont dû lui coûter bien qu'il ne s'étende pas sur le sujet et demeure infiniment discret sur ses relations avec son épouse.

Aujourd'hui, Pierre est allé, accompagné par Renaud, à la mairie pour déposer le dossier de mariage. Il est infiniment heureux et serein, dans une dizaine de jours il sera marié et l'idée le comble de joie.

- Voilà Pierre, déclare son beau-père en lui tapant le haut de l'épaule en signe de complicité, c'est la dernière ligne droite, ce sera sans regrets ?
- Non, si j'avais pu retrouver Albane plus tôt, nous serions mariés depuis longtemps. Je ne sais trop qui remercier de l'avoir ramenée sur mon chemin, qu'elle soit toujours libre de s'engager avec moi et que nous ayons gardé les mêmes aspirations. Je vis ces retrouvailles comme un miracle et me sens redevable d'éprouver autant de bonheur.
- C'est à vous que vous devrez cette bonne fortune et je suis admiratif de votre entêtement car vous n'avez pas abdiqué malgré les années passées. Faites profiter votre entourage de votre belle entente, soutenez les faibles et choisissez vos amis et puis même si j'y ai très vite renoncé pour ma part, aimez-vous malgré les aléas de la vie et épaulez-vous si vous rencontrez des difficultés. Passer le cap à deux doit être certainement plus facile et gratifiant. Cela sous-entend de bien communiquer.
- Je suis peut-être indiscret mais lorsque vous vous êtes marié, votre épouse n'était pas volontaire ?

A nul autre pareil

- Avec du recul, je suppose que non et que ses parents ont su trouver des arguments pour la contraindre. Marie avait un peu plus de trente ans, j'avais dix ans de plus et j'étais désargenté, je veux dire que je n'étais pas doté d'une vieille fortune héritée depuis plusieurs générations. Parce que je gagnais très bien ma vie et dépensais peu, je possédais un capital que beaucoup auraient trouvé attrayant mais cela ne faisait pas le poids dans l'opinion de mon épouse. Marie vivait ce mariage comme une sorte de déchéance sociale et j'ai découvert son snobisme, sans doute maladif, bien trop tard car personne n'était jamais assez bon à fréquenter. Le summum a été atteint lorsque j'ai constaté qu'elle détestait notre fille et ne faisait rien pour s'en occuper et que ses parents ne savaient comment réparer leur erreur. Afin qu'elle ne reste pas seule avec sa mère, j'emmenais Albane bébé, chez une nourrice pour la journée et lorsque le temps de l'école est venu, la répugnance de Marie était à un point tel, que j'ai fait ce que j'ai pu pour éloigner ma petite fille de cet espace malsain qu'était devenu notre foyer, en la confiant de plus en plus à Anne. Elle lui apportait l'amour qu'elle n'avait pas chez nous et elle s'en occupait aussi bien que si elle avait été sa propre fille…

Aujourd'hui, j'ai hâte de vous transmettre le flambeau de la gestion des entreprises afin de quitter cette maison dans laquelle j'ai enterré tous mes espoirs d'une vie de couple. J'ai acheté un appartement de quatre pièces pas loin de chez vous, je vous verrai sans peser sur votre ménage. Il est en cours de réfection et je déménagerai sans doute entre mi-novembre et début décembre. J'aurai de quoi bien vivre et surtout aucun compte à rendre à Marie.

- Vous comptez divorcer ?
- Elle refuse l'idée, à cause du qu'en dira-t-on. J'aurais dû m'y attendre. En revanche, je l'ai contrainte à accepter une séparation de corps, ce qui consacrera notre séparation ainsi que celle de nos biens respectifs. Elle a en principe de l'argent ou des biens en propre puisqu'elle a vendu ses parts de la société et je n'aurai pas de pension alimentaire à lui devoir car ses revenus personnels sont très suffisants pour qu'elle conserve son train de vie. C'est convenu et acté. Elle jubilait, persuadée me mettre en difficultés et c'est donc très bien qu'elle ignore tout de ma situation financière et de celle d'Albane. Je remercie tous les jours le financier qui m'a aidé à mettre mes avoirs à l'abri d'appétits mal intentionnés et a protégé l'avenir de ma fille. Si vous avez besoin de l'adresse d'un bon gestionnaire, c'est un ami et il est très fiable.

A nul autre pareil

- Pour moi, mon salaire n'a pas besoin de l'intervention d'un gestionnaire et les affaires de mon père continueront pour le moment d'être gérées par le cabinet qui s'en occupe. En revanche, il faudra en parler avec Albane pour ce qui concerne ses biens en propre. A ce propos, je suis très transparent ce qui est à elle lui appartient, je ne me mêlerais de la gestion que si elle le demandait expressément ou était un jour, dans l'incapacité mentale de s'en occuper, ce que je n'espère pas.
- C'est louable Pierre, mais tu n'ignores pas qu'elle n'a pas de formation à la gestion et je serais plus tranquille si tu supervisais le cabinet même si j'ai confiance en lui. Ce n'est jamais bon de laisser la bride sur le cou aux gens que tu payes et pour lesquels, tu as de l'amitié.
- Je le ferai mais avec son accord explicite, soyez tranquille. Nous sommes d'accord pour tout partager.

Ils rentrèrent tranquillement. Pierre est satisfait d'avoir pu se déplacer certes avec prudence et aidé de ses cannes mais sans souffrir. Il se sent plus confiant et presque autonome. Il sait qu'l ne reprendra pas les déplacements seul tout de suite mais il est prêt à travailler sur les dossiers que lui transmettront son père et son beau-père. Aujourd'hui la courbe de son moral a retrouvé des couleurs sympathiques. Le seul bémol, c'est qu'Albane va pouvoir retourner au bureau pour travailler et il ne raffole pas de cette idée. Il s'est habitué à la voir réfléchir et écrire non loin de lui et au risque de paraître possessif, il aime la savoir près de lui. Ils sont occupés par des projets différents mais ils échangent, un mot, un baiser, une caresse, un regard, un avis... et leur productivité n'a pas chuté.

Une idée lui traverse alors l'esprit, et si elle s'occupait de la communication des entreprises dont il aura la charge ? Jusqu'à présent, leurs deux pères s'en chargeaient en prenant conseil auprès d'un consultant externe mais elles sont d'une taille suffisante pour bénéficier d'un service partagé. Voilà qui lui conviendrait bien, ils doivent cependant y réfléchir ensemble et en discuter avec leurs pères.

« Albane ne sera peut-être pas de ton avis et puis est-ce bon de vivre en vase clos et de tout avoir en commun à ce point ?
L'idée me parait bonne mais qu'en pensera-t-elle ? N'aura-t-elle pas l'impression de manquer d'air et d'ouverture si nos vies professionnelles et privées se confondaient ?
Il faut supposer que l'idée peut se discuter, peut-être aura-t-elle besoin d'une assistante... Tu es pitoyable mon vieux, tu ne sais plus quoi inventer pour ne plus la lâcher... »

- Renaud, j'ai eu une idée, pouvez-vous me dire ce que vous en pensez ? demanda-t-il perturbé par ses réflexions.

Le père d'Albane écouta Pierre exposer son idée puis sourit.
- Ce qui m'amuse c'est que j'ai pensé la même chose lorsque j'ai appris la nature de son travail. Les entreprises auraient besoin d'un service de communication. Elles sont à un point où il faudra développer et décrocher de nouveaux marchés et si nous jouissons d'une bonne réputation, nous ignorons comment le faire savoir. Honnêtement j'étais trop pris par la gestion et le développement pour m'en occuper. Elles ont grandi grâce au bouche à oreille. Il faudrait passer à la vitesse supérieure et ce service serait le bienvenu.
- Et que pensez-vous du fait de travailler ensemble ?
- Il me semble que c'est personnel mais il faut être prudents et éviter de mélanger vie professionnelle et vie personnelle...
Je réfléchis tout haut : vous pourriez travailler dans un appartement plutôt que chez vous, le loyer ne coûterait rien s'il était partagé entre les entreprises et c'est bien de pouvoir faire la coupure, de ne pas mélanger les espaces de vie et de travail. Dans un appartement, vous auriez un bureau pour recevoir et deux espaces dédiés mais vous seriez

au même endroit, il pourrait y avoir des avantages. Albane ne travaille pas depuis longtemps chez Armand, Patrick la laisserait-il partir ?
- Je l'ignore, là elle bénéficie de l'aide de son hiérarchique. Si elle était seule, elle aurait tout à apprendre.
- Oui, elle bosse avec un Dircom qui reprendrait bien son poste si j'ai bien compris. Elle pourrait lui demander de l'aide si elle avait besoin de conseils.
- Son orgueil en serait sans doute bouffi de contentement !
- Mes entreprises dégageraient un budget sans problème pour ce type de service avec l'embauche d'au moins une personne pour l'assister car nous n'avons pas de plaquette d'accueil ou de document vantant nos savoir-faire et nos compétences et sans doute faudrait-il commencer par là en y adjoignant les compétences de l'entreprise de votre famille.
- Je vais lui en parler et vous avez raison, il faudra avoir des bureaux ailleurs qu'à la maison. Les entreprises de mon père sont plus modestes que les vôtres mais elles pourraient bénéficier d'un peu de communication et vos secteurs d'activité se complètent.

A nul autre pareil

Les deux hommes creusèrent le sujet pour proposer un projet bien ficelé à Albane lorsqu'elle reviendrait de chez Armand.

Sans surprise, la jeune femme est circonspecte à l'idée de se lancer seule mais elle sait où chercher l'information si elle en a besoin, le point qui l'ennuie le plus est l'idée de continuité entre travail et vie privée. Il lui semble que si le couple va bien il n'y aurait pas de souci majeur, leurs préoccupations professionnelles n'étant pas les mêmes. En revanche, en cas de désaccord professionnel ou au sein du couple, il pourrait être inévitable que leurs difficultés polluent les deux sphères de vie. Est-ce bien sain et est-ce prudent ?

Ils en parlent à trois et conviennent qu'entre eux ils doivent opter pour une communication permanente et essayer de travailler ensemble et trouver des accords au quotidien.
- Aucune difficulté ne devrait résister à la volonté de trouver des solutions aux problèmes. C'est le renoncement, la haine ou l'indifférence qui tuent les relations.

Albane ne veut pas que Patrick ou ses parents éprouvent l'impression qu'elle les laisse tomber alors qu'ils ont besoin d'un responsable des relations publiques et qu'ils lui ont fait confiance.

- C'est à négocier, nous sommes amis avec eux, les relations Publiques ne nécessitent pas vraiment un temps plein chez Armand, peut être pourrais-tu envisager deux mi-temps afin de liquider leur retard sur les dossiers qu'ils t'ont confié et doucement démarrer avec l'aide d'une salariée sur notre groupe d'entreprise. Qu'en dirais-tu ?

- Un temps partagé entre les entreprises Armand et nous, pourquoi pas ? Il faut y réfléchir et Patrick ne nous reprocherait pas de ne pas chercher des solutions et puis je ne serais pas en permanence dans les pattes du Dircom à l'empêcher de faire le paon !

- Tu es dure ! déclara Pierre en riant.

- Non, il ne se lâche pas devant tout le monde mais il a besoin d'être admiré et n'était pas le plus fervent de mes admirateurs, je lui avais subtilisé le plus intéressant de son boulot.

17

Les semaines passèrent et une sorte de routine s'installa après que Pierre et Albane ont aménagé dans leur nouvel appartement afin de laisser celui que Pierre occupait au DG en cours de recrutement.
Ils n'ont que très peu de meubles car un tri sévère a été fait par Pierre dans les maigres possessions d'Albane. Un samedi après-midi, ils sont allés acheter le minimum utilitaire, un lit confortable, un canapé et les éléments pour aménager la cuisine. Le reste sera acquis au fur et à mesure que les pièces seront repeintes et au gré de leurs coups de cœurs. Ils ne sont pas pressés et désirent prendre le temps de s'installer, de chiner, de choisir des meubles qui leur ressemblent, correspondant à leurs goûts.

Fin novembre, la semaine suivant leur déménagement, parce que les dossiers le nécessitaient, Pierre et Albane se sont mariés à la mairie, un samedi en fin de matinée, avec France et Patrick pour témoins. Marc pris par son tournoi, n'avait pas réussi à s'échapper à son grand regret. La famille et les amis proches avaient été conviés au restaurant après la rapide cérémonie. Ils étaient tous conscients de leur bonheur mais les plus heureux étaient les mariés, qui irradiaient de la joie profonde qu'ils éprouvaient.

- C'est toi que j'ai voulu une grande partie de ma vie d'adulte et tu es enfin mienne ! Je te promets de tout faire pour que ta vie soit celle que tu espères. Avait murmuré Pierre contre ses lèvres.
- Ne dis pas cela, mon chéri, nous construirons notre vie à deux et elle sera celle que nous serons parvenu à bâtir avec ses pierres blanches et sans doute quelques noires. Tu es celui que j'espérais sans plus y croire, le père de notre fils, celui que je n'avais jamais pu oublier et n'avais pu remplacer, mon amour depuis dix ans ! lui avait-elle répondu avant de lui rendre son baiser sous les applaudissements de leurs parents et amis.

Le repas fut un délice. Assis côte à côte, Renaud s'entendit bien avec les parents de Patrick Armand, un peu plus âgés que lui. Ils ne tarirent pas d'éloges sur la magnifique mariée vêtue d'une élégante robe bleu clair et d'un manteau assorti achetés pour l'occasion. Ils lui rapportèrent combien ils avaient été émus par ses explications sur les choix d'études qu'elle avait dû faire lorsque son fils était né malade. Albane avait été discrète sur le sujet, aussi Renaud découvrit-il l'étendue de la souffrance de sa fille pendant les sept années du début de sa vie d'adulte. Il se sentit encore plus reconnaissant envers Anne et sa fille pour leur affection et leur indéfectible soutien pour la jeune femme éprouvée et honteux de n'avoir pas été présent. L'obtention de son doctorat dans ces conditions lui parait presque inimaginable.

- Vous n'ignorez pas que c'est Anne qui a élevé et éduqué Albane. Je n'ai malheureusement aucun mérite dans sa réussite. Marie mon épouse, refusait la maternité et moi... je fuyais la maison devenue sa chose, sur laquelle elle régnait sans partage.
- Il n'empêche que votre fille tient à vous, aussi prenez soin d'elle maintenant que vous vous êtes rapprochés. J'ai cru comprendre que vous seriez bientôt parisien ?
- En effet, je me suis installé cette semaine dans un appartement près de la nouvelle adresse des enfants. Ce n'est pas très grand mais ce sera très suffisant pour moi seul.
- Et que va devenir la maison que vous occupiez dans l'Eure ?
- Cette maison appartient depuis plusieurs générations à la famille de mon beau-père, il s'agit d'une sorte de château dix-huitième dont Marie,

mon épouse était très fière. A moins qu'elle soit vendue, je suppose qu'un jour, Albane en héritera. Marie s'en occupait bien, elle y a consacré sa vie et son énergie et c'était devenu un déraisonnable gouffre financier, car tout a été refait et modernisé de la cave au grenier. Il lui a fallu vingt ans pour mener à bien ce projet mais le résultat est magnifique et les jardins sont très beaux, je dois admettre que c'est une réussite, toutefois c'est un beau cocon vide. Il manque un peu de vie et d'amour pour que ce lieu resplendisse mais hélas, Marie vit seule, elle s'est isolée d'une façon pathologique.

- C'est ce que nous avions cru comprendre. Nous avons envisagé d'aller avec nos enfants et leurs amis à Courchevel à Noël. Viendriez-vous avec nous ? A nos âges nous ne skierons pas mais il y a de belles balades à faire à pied et les trois générations ne sont pas réunies aussi souvent qu'on pourrait le croire, aussi faut-il en profiter. Vous pourriez rencontrer Marc, l'ami de Pierre, un aimable géant, un sportif professionnel qui exerce aux Etats Unis pour encore quelques semaines. Il devrait rentrer avant Noël pour prendre sa retraite et se trouver un nouveau défi professionnel.

- J'en ai un peu entendu parler par Pierre. Permettez-moi de réfléchir à votre invitation qui me touche beaucoup. Je voudrais en parler aux enfants d'abord, afin d'éviter de leur donner l'impression d'être envahis. Nous nous sommes peu vus pendant longtemps et tout à coup... Ils pourraient trouver que cela fait beaucoup.

- Pour d'autres qu'Albane ou Pierre peut-être, mais vous avez raison, interrogez-les. Quoiqu'il en soit, chez nous, vous serez le bienvenu.

Renaud est sensible à leur gentillesse et à l'accueil chaleureux malgré ses fautes passées. Au fil du temps, il avait eu de nombreuses relations, surtout professionnelles mais pas d'amis fidèles et généreux, Marie avait fait fuir ceux qui auraient pu le devenir. A plus de soixante-dix ans, il avait enfin quelques perspectives d'une fin de vie moins solitaire et il s'en trouvait ragaillardi.

Après le déjeuner, l'après-midi était bien entamé. Pierre et Albane rentrèrent chez eux.

- Pff... Je suis un peu étourdi, j'ai l'impression d'avoir trop bu alors qu'en réalité, j'ai été très raisonnable.

- Mon chéri, allons nous reposer un moment, j'ai du mal à réaliser que nos destinées sont unies pour de bon.

- Nos cœurs se sont trouvés il y a déjà longtemps mais nos vies sont officiellement mêlées maintenant et c'est fou, ce à quoi j'ai aspiré toute ma vie d'adulte est atteint. Maintenant, nous pouvons faire des projets à deux et cela change tout. Ma chérie, le plus urgent est réglé, nous devrions fixer notre escapade en Bretagne. Je n'aurai plus besoin des cannes dans une quinzaine de jours.

- Je vais appeler Loïc et Sandrine pour les prévenir que nous viendrons. Ils savent que c'est en projet et sont impatients de te revoir.
- Tu leur as parlé de moi ?
- Evidemment, je t'ai dit que nous étions devenus des amis proches. Ils ont aimé Pierrick et nous nous voyions plusieurs fois par an et nous nous appelons régulièrement. Depuis qu'il est là-bas, ils entretiennent la tombe, ils ont perdu un petit enfant eux aussi lorsqu'il est parti.
- Je n'avais pas compris que vous étiez proches à ce point.
- Pendant un moment, après la mort de Pierrick, Loïc a tenu un rôle proche de celui qu'aurait eu mon père s'il avait été présent, enfin j'imagine. Il n'hésitait pas à me secouer si je me laissais trop aller, à m'encourager mais aussi à me dire qu'il m'aimait. Il m'appelait tous les soirs, je pleurais dans son giron et jour après jour, en faisant revivre tous les bons moments partagés, il m'a fait sourire et il est parvenu à me retenir et à m'éloigner du gouffre. Je n'oublierai jamais son soutien, celui d'Anne ou de France étaient différents, elles

m'avaient vu grandir et souffraient autant que moi de la perte que nous avions subie. Loïc avait du chagrin mais il était plus loin, moins impliqué et il est un homme. Je ne sais comment l'expliquer, parce qu'il aimait notre fils mais sa tête le maintenait à une plus grande distance de ses émotions, même s'il nous est arrivé de rire et de pleurer ensemble et de pleurer de rire en nous souvenant d'anecdotes vécues vraiment cocasses. Ainsi, il parvenait à me maintenir en équilibre au bord de la dépression, jusqu'au jour où j'ai fait un pas en arrière. Je ne sais pas dire si c'est la psychologue qu'il m'avait obligée à consulter ou ses conseils quotidiens ou sa présence permanente et sa disponibilité, mais un jour, je me suis aperçue que je n'avais pas pensé à mourir de la journée. Ce fut le début de ma guérison.

- Ma chérie, … je lui dois tant… je ne sais pas quoi dire.
- C'est du passé encore très présent mais ce temps est derrière nous heureusement. Nous devons aller en Bretagne mais nous sommes heureux à présent et cette visite pour eux comme pour nous ne doit pas être triste. Ils n'ont pas pu venir aujourd'hui non pas parce qu'ils ne voulaient pas mais parce que Sandrine a beaucoup de difficultés à se déplacer avec ses rhumatismes.

A nul autre pareil

Pour notre mariage religieux, le seul qui compte vraiment pour eux, ils seront présents c'est certain.
- Parfait, maintenant viens là contre moi, j'ai besoin de toi.

Ils continuèrent à parler doucement en chuchotant et s'endormirent dans les bras l'un de l'autre.

Ils s'éveillèrent de leur sieste vers dix-huit heures, Pierre alluma la télévision afin d'écouter un débat politique qui l'intéressait pendant qu'Albane préparait un petit diner léger parce qu'ils n'ont pas vraiment faim.
- Aimerais-tu que nous allions aux puces de Saint Ouen demain matin ?
- Je ne les connais pas bien, il y a surtout de belles boutiques d'antiquaires qui pratiquent des prix élevés. Ce n'est pas de la brocante.
- Nous pouvons nous offrir de jolies choses tu sais, je crois que je préfèrerais posséder peu de beaux meubles dans les pièces à vivre plutôt que des éléments presque aussi chers mais communs.
- Je ne peux qu'être d'accord avec toi.
- Alors demain, nous irons chiner pour meubler notre « sweet home ».
- Quand devras-tu aller à Evreux ?
- J'irai avec ton père début décembre, dès que je serai déclaré apte à remarcher sans cannes. J'ai

un peu hâte ! Voudrais-tu aller faire une petite visite à ta mère ?

- Non, quelle idée ! Je demandais cela afin de m'organiser pendant ton absence.

- Je ne serai absent que deux jours, nous allons faire le tour des entreprises et mettre au point l'organisation. Ton père envisage de faire passer DG, l'actuel Directeur Administratif et financier qui connait bien l'entreprise et de faire monter son adjoint, responsable du service. C'est une promotion interne inespérée pour toute la chaine de commandement.

- Et quand envisages-tu d'aller à Bordeaux ?

- Dans la semaine qui suivra, j'aurai des choses à voir mais je connais la structure et les hommes pour y avoir travaillé presque dix ans et il y a peu de « turn-over ». Les difficultés ne seront pas les mêmes et pour l'encadrement, j'aurai à faire mes preuves car je suis passé d'ingénieur à PDG en quelques mois.

- Ils n'ignoraient pas que tu étais l'héritier !

- Certes mais mon père n'avait rien fait pour préparer mon arrivée, il m'a maintenu dans les plus bas échelons, malgré mon diplôme et le temps qui passait.

- Pourquoi ?

- Je ne sais pas, j'imagine que c'était pour conserver la main et ne pas être contredit dans ses décisions. Il dirigeait de façon très pyramidale, sans contestation possible. Je lui avais fait part parfois de mes observations mais il n'en tenait pas compte. Je prévois plus de tracasseries à Bordeaux qu'à Evreux car je doute que mon père arrive à garder ses distances et me laisse la bride sur le cou. Je pourrais ne pas rester s'il était trop envahissant, ce qui n'arrangerait pas l'ambiance familiale et pourrait le contraindre à céder tout ou partie de l'entreprise. Heureusement, Bordeaux n'est pas tout prêt d'ici et je n'imagine pas que notre quotidien en soit affecté.

- Ce serait ennuyeux qu'une brouille s'installe entre vous.
- J'essaierai de l'éviter mais dans un passé récent, mes parents ont été intrusifs et insistants au point de me faire démissionner, aussi, comme un « chat échaudé craint l'eau froide », et bien que le retrait total de mon père soit un préalable à la reprise, je me méfie.

Ils furent interrompus par un appel des Etats Unis. Marc manifesta sa joie de les savoir enfin mariés et confirma son arrivée pour le 20 décembre. Il leur apprit qu'il participera au séjour à Courchevel en tant qu'ami de Pierre et pas comme le petit ami de France parce qu'ils ne veulent pas officialiser leur rapprochement trop vite et s'accorder un peu de temps afin de mieux se connaitre. Ce qui fit sourire Pierre.

- Parce que vous espérez que personne ne verra vos brûlants échanges de regards ou de gestes tendres ? Vous prenez les anciens pour des idiots ! Et pas de câlins pendant huit jours après une séparation de trois mois ! Honnêtement, vous y croyez sérieusement ?
- C'est France qui freine, ... moi je sais déjà ce que je veux. Les bonnes femmes, c'est d'un compliqué ! soupire-t-il. Le problème c'est qu'on ne sait pas vraiment s'en passer et quand on en a une dans la peau, c'est pire !
- Ce qui est certain, c'est que lorsque tu es avec celle que tu aimes et qui te rend la pareille, la vie est pleine de paillettes ! murmura Pierre.

Les deux hommes échangèrent sur le ton de la plaisanterie pendant un moment et lorsque Pierre raccrocha il était heureux de savoir que son ami reviendra bientôt.

Il ne lui en avait rien dit, mais Marc lui avait manqué après son expatriation, même s'ils se voyaient deux ou trois fois par an et s'appelaient au moins une fois par semaine. Son amitié et sa solidité l'avaient aidé à ne pas désespérer pendant la traversée de ces longues années de solitude affective loin d'Albane, celle que son cœur avait élu.

- Mon chéri, tout va bien ? demanda Albane en voyant Pierre s'assombrir.

- Oui, je vais bien, c'est Marc et France qui me tracassent. Il est à fond dans un projet de vie à deux et s'inquiète de la trouver tout en retenue.

Albane s'assit près de lui et réfléchit à ses mots avant d'essayer de lui faire comprendre son point de vue.
- Je pense qu'elle a peur. Elle a réussi à éviter les engagements parce que si elle était attirée physiquement, elle n'était pas attachée affectivement aux hommes qu'elle a fréquenté, pas autant qu'elle voudrait le faire croire d'ailleurs. Elle ne prenait aucun risque. Je ne suis pas psy mais je pense qu'elle a plus souffert qu'on croit de l'absence de son père adulé par sa mère et par la petite fille qu'elle était. Elle était une grosse bosseuse mais elle préférait donner l'image d'un papillon superficiel qui ne s'engageait pas. Pour tous, elle était la copine parfaite toujours prête à s'amuser. Elle a changé récemment, ne sort plus que très peu au restaurant ou au cinéma avec des amies connues, ce qui me fait penser qu'elle s'est attachée à Marc et crève de trouille de le perdre.
- Ce qui risquerait de se produire si elle restait trop en retrait. Tu devrais…
- M'en mêler ? Je lui ai déjà adressé quelques remarques mais la peur ne se surmonte pas facilement. Marc est loin, elle ne le connait pas

beaucoup et ne maitrise rien de son environnement. Elle lui fait confiance tout en se disant que c'est peut être un manipulateur qui l'appâte pour mieux la tromper. Elle n'a aucun moyen de le savoir, de pouvoir vérifier que sa confiance est bien placée même si elle se rend compte qu'avec l'agenda qu'il a, il ne dispose pas de beaucoup de temps pour sortir et avoir une vie personnelle à côté. Et lorsqu'il disposera de temps pour ouvrir les yeux et répondre aux sollicitations auxquelles il sera confronté, sera-t-il autant intéressé par elle ? Voilà pourquoi il me semble que France demande du temps. Elle veut être sûre de celui pour lequel elle ressent au minimum, une forte attirance, avant de s'engager plus avant dans cette relation.

- Je lui ai dit qu'il est fiable.
- Oui, je sais mais il est ton ami et elle a du mal à croire que tu sois si longtemps resté fidèle à un souvenir, sans qu'il y ait eu d'usure ou de faiblesse et personne ne t'en voudrait. Tu sais que pour beaucoup d'hommes ou de femmes, à l'heure de la satisfaction immédiate de ses désirs et du mariage devenu un objet de consommation jetable à la moindre anicroche, cela dépasse l'entendement. Pour ma part, te connaissant toi, je pense que pour être ton ami depuis si longtemps, Marc doit réagir un peu comme toi, par certains

aspects il doit te ressembler, c'est pourquoi je lui fais confiance.
- Sans doute as-tu raison. Doutes-tu de moi et de ma fidélité au souvenir ?
- Non, je n'ai jamais douté, mais honnêtement, il me semble qu'il n'y aurait rien eu à pardonner. Tu étais jeune, même avec un beau souvenir dans le cœur, tu aurais pu avoir envie de te trouver une compagne et continuer ta route. Ta quête et ta fidélité me paraissent exceptionnelles.
- Ne me mets pas sur un piédestal, je n'ai fait aucun sacrifice, mon amour peut être anormalement persistant, me poussait à te retrouver et je suis très heureux d'être là, maintenant marié avec toi et de pouvoir envisager notre avenir ensemble, dit-il en la prenant par les épaules pour l'attirer contre lui pour l'embrasser.
Je suis si bien là avec toi et j'espère que tu ressens la mêle chose ma chérie… moi aussi j'ai peur. Je crains de me réveiller et de découvrir que ce n'était qu'un beau rêve.
- Veux-tu que je te pince très fort ?
- Non je veux un baiser et si je rêve, je ne veux surtout pas me réveiller ! murmure-t-il contre ses lèvres.

18

Quelques jours passèrent, Albane travailla sur les dossiers Armand pendant que Pierre attendait avec impatience d'aller faire un tour dans les entreprises dont il prenait progressivement la charge. Leur couple s'épanouissait et leur vie à deux se rodait. Pierre se déplaçait sans béquille depuis quelques jours et marchait avec de plus en plus d'assurance. Ils décidèrent d'aller en Bretagne en fin de semaine car ce projet avait sans cesse été repoussé alors qu'ils le considéraient comme important pour eux.

En ce début décembre, le temps était gris mais doux et aucune pluie n'était pour le moment annoncée lorsqu'ils arrivèrent chez Loïc et Sandrine le samedi. La maison, construite à l'abri dans un creux naturel, sur la falaise battue par les vents, est une petite maison de pêcheurs, encerclée par un petit jardinet dans lequel il aperçoit la petite maisonnette en bois bruni dans laquelle ils avaient vécu une semaine inoubliable.

A nul autre pareil

Rien n'avait changé et il cligna des yeux pour constater que le vieux couple devant la porte grande ouverte, avait vieilli.
Loïc et Sandrine attendirent qu'ils s'approchent pour les enserrer dans leurs bras, émus de les revoir ensemble.
- Nous avons tant prié pour qu'enfin vous soyez réunis que notre joie d'avoir été exaucés n'a pas de borne ! C'est votre petit qui vous a rapproché, c'est sûr ! De là-haut, il devait voir que l'un sans l'autre, vous étiez malheureux. Entrez vite, le temps va se gâter, mes vieux os font de meilleures prévisions que les présentateurs de la télé !
- Dommage ! Nous avions prévu d'aller marcher sur le sentier.
- Il est devenu dangereux depuis qu'aux dernières grandes marées un morceau de la falaise s'est effondré. C'est le changement climatique, il est prévu que la côte recule et que le sentier disparaisse mais pour le moment, il résiste, bien qu'il perde des petits morceaux à chaque marée un peu forte. Il ne se laisse pas faire, comme les bretons dont on dit qu'ils ont le crâne en granit.
Alors comme ça Pierre, tu as retrouvé notre Albane.
- Je l'avais tellement cherchée que je n'en croyais pas mes yeux lorsque je l'ai revue à cette

soirée, toujours aussi magnifique dans une robe argentée.

- Argentée ? Le tape à l'œil, ce n'est pas trop le style d'Albane ça ! s'étonna Sandrine.
- France m'avait prêté une robe chic pour une soirée et devinez en l'honneur de qui était donné cette réception ! Je n'en croyais pas mes yeux !
- Et lorsqu'elle m'a reconnu, elle s'est enfuie. J'ai dû mendier des informations et la traquer pour qu'elle consente à me revoir.
- Et à présent, vous vous êtes mariés civilement. Nous sommes vraiment contents et nous viendrons au mariage religieux, comptez sur nous ! Il faudra nous donner la date assez tôt qu'on puisse nous organiser.

Si vous ne pouvez pas aller vous promener, vous avez le temps d'aller sur la tombe de Pierrick avant la nuit. Le petit est certainement impatient de vous voir. Il nous parlait tellement de son papa toujours parti loin, parce qu'il faisait « là-bas » de grandes choses afin d'aider les pauvres et tout ça. Celle-là, ajouta Loïc en désignant Albane, ne l'a pas laissé imaginer un seul instant, qu'il était abandonné par son père ou que tu n'étais qu'un pauvre type sans morale qui l'avait planté enceinte ! Non, tu faisais on ne sait où, de grandes choses et le petit était fier de toi et t'aimait comme un fils aime son père…

A nul autre pareil

Avec le recul, je crois qu'elle a eu raison... et tu ne méritais pas tout ce que j'ai pensé quelques fois tout haut à l'époque !
Enfin..., vous allez vous installer dans la petite maison comme autrefois, vous y serez tranquilles. Laissez vos bagages dans la chambre et filez au cimetière, votre promenade attendra demain.

Pierre ne répondit rien, le cœur serré par la piètre opinion que Loïc avait eu de lui, probablement sans trop le montrer à Albane, même s'il pense souvent tout haut comme il le dit.
Cette fois, n'étant pas distrait par son désir tout neuf pour la jeune femme, il fut frappé par la taille et la force que dégagent encore ses mains, de vraies paluches de travailleur manuel, grandes, fortes et couvertes de petites cicatrices, comme il n'en avait jamais vu !

Le couple est simple ; ridés comme de vieilles pommes, ils paraissent âgés peut être plus qu'ils le sont mais ils possèdent encore un regard clair et perçant. Très expressif, celui de Loïc est dérangeant, bleu très clair, presque transparent, il donne l'impression de sonder les cœurs et les esprits et de voir au-delà de l'apparence.

Pierre suppose qu'ils ont dû élever leurs enfants à la baguette, sans transiger sur le bien et le mal et

A nul autre pareil

Pierrick était entre tous, un petit enfant chéri. Loïc avait peut-être pensé devoir participer à son éducation, comme il avait soutenu Albane lorsqu'elle était malade. Il avait occupé la place laissée vacante par Renaud et était devenu la référence masculine, une image forte du père qui manquait autant chez Albane que chez Anne et France. Lui, ne pouvait qu'être reconnaissant pour le soutien qu'il avait apporté à son épouse pendant ces années et l'amour qu'il dispensait toujours à Pierrick comme à sa mère.

Peu après, ils avançaient le long d'une route étroite en direction du petit cimetière situé à l'écart des quelques maisons du village. Sans hésiter, Albane se dirigea vers le côté ouvert sur la mer qui battait le rocher loin en contrebas et aspergeait la falaise d'embruns ; seule une petite barrière de sécurité en bois séparait le cimetière de l'à pic. Elle lui montra dans un coin, à l'abri d'un muret et face à la mer, une longue pierre blanche surmontée d'un bel ange porteur d'une croix, posé dans un angle, les yeux légèrement froncés, le regard concentré dirigé vers l'océan. Pierre fut frappé par l'expression dense de la sculpture belle et réaliste. Il eut un instant l'impression que l'ange s'élançait pour lui sauter au cou, comme le font les petits enfants, heureux d'accueillir les adultes et il s'obligea à se secouer et à bouger pour échapper à cette étrange sensation d'emprise.

« J'aurais été tellement heureux de pouvoir te serrer contre moi, mon fils ! » Pensa-t-il.

Dans le bac à fleurs qui les protégeait du vent, quelques chrysanthèmes dans un vase plein d'eau, s'agitaient dans le courant d'air venu du large.

- Voilà, il est là. Nous avons acheté la pierre et Loïc l'a taillée et sculptée pendant les mois d'hiver. Loïc et Sandrine l'aimaient tant, qu'ils viennent presque tous les jours, murmura Albane la voix étranglée. Ils ont choisi cet endroit parce qu'il est un peu abrité par le mur de clôture, il n'est pas triste et Pierrick était fasciné par la mer dans tous ses états. Il disait que comme Loïc, un jour il serait marin, alors j'ai accepté. Loïc et Sandrine lui consacrent du temps tous les jours, ce que je n'aurais pas pu faire. Il est plus loin de moi mais il est mieux et n'est pas seul.

- L'ange est superbe, il y a une ressemblance avec les photos de l'album et cette concentration dans l'expression est sidérante. J'ai l'impression de voir certaines photos de mon père enfant.

- Loïc voulait que l'ange ressemble à Pierrick mais il dit qu'il n'a pas su faire mieux et en était meurtri. Je pense que c'est bien comme ça, c'est lui et ce n'est plus mon bébé.

- Il est magnifique. Je vais prendre une photo pour l'envoyer à mes parents et à ton père. Ils me l'ont demandé.
- Prend-là tant qu'il fait jour et regarde il y a une éclaircie qui illumine l'ange, attend, je vais reculer.

Il prit quelques clichés puis l'éclaircie masquée à nouveau par un nuage, ils repartirent silencieux, le cœur lourd, repliés sur leurs regrets ravivés.

Le lendemain, ils allèrent marcher sur le chemin emprunté dix ans auparavant mais furent arrêtés à deux kilomètres environ par des barrières de protection. En leur absence, la vie avait continué et la mer avait pris le temps d'œuvrer en sourdine, vague après vague pour ronger la côte dès qu'elle s'était montrée tendre.

Ils repartirent pour Paris après le déjeuner. Le vieux couple heureux de les avoir revu et d'avoir pu constater qu'ils s'entendaient bien et n'avaient pas fait d'erreurs en se mariant.

Ils rentrèrent un peu silencieux, éprouvés par le petit pèlerinage. Ils ne sont plus tout à fait les mêmes, ils ont vieilli, ont souffert mais ils espèrent toujours que pour eux, le meilleur reste à venir.

Pierre ému, prend la main gauche d'Albane, caresse son anneau du pouce et la pose sur sa

cuisse, à plat. Il a besoin de son contact et espère qu'elle est bien là, avec lui, tournée vers leur futur.
- Je ressens le besoin de les remercier d'avoir pris soin de vous. As-tu une idée de ce qui pourrait combler un manque ou leur rendre service ?
- D'abord, ils n'ont que de petits moyens mais ils sont fiers et n'accepteront probablement pas d'argent afin de ne pas avoir l'impression d'être assistés. Il y a une dimension spirituelle dans leur démarche d'aide, ils mettent avant tout en pratique le commandement, « Aimez-vous les uns les autres » et si venir en aide les contraint, cela fait partie de la mission et ils acceptent la gêne occasionnée. Donc tu ne peux pas rendre de quelque façon que ce soit. Ils sont heureux lorsqu'on les appelle et acceptent mal les cadeaux, sauf les livres qu'ils dévorent de la première à la dernière ligne. Ils n'ont pas fait d'études mais j'aurais aimé que mes étudiants soient aussi érudits qu'eux, parce qu'ils sont curieux, réfléchissent et s'interrogent dans des domaines très différents. Je t'assure que c'est un couple surprenant, marqué par un catholicisme fervent mis en pratique chaque jour, tout en croyant aux fées dans les fontaines et à la métempsycose, le passage de l'âme d'un défunt dans le corps d'un nouveau-né.
- Tu les aimes.

- Oui, je les aime comme des parents proches. Ils nous ont beaucoup apporté à Pierrick, à France et à moi. Ils nous ont donné de leur sagesse, écoutés, corrigés, soutenus, encouragés. Leur présence a été quotidienne aux moments plus délicats, Loïc m'a sorti du trou, c'est certain. Je suppose qu'il a souffert autant que moi. Je pense qu'il a évacué ses émotions en sculptant l'ange Pierrick et s'il n'est pas parvenu à reproduire les traits d'un grand bébé ou d'un jeune garçon, c'est parce que Pierrick n'avait pas vraiment d'après lui, une âme d'enfant. Il voyait plus loin que l'instant présent, il ressentait les émotions que ceux qui l'entouraient avaient du mal à exprimer, essayait de bien faire pour que l'autre rit ou se sente mieux. Des qualités qu'on attend d'un prêtre, d'un psy, d'un medium, que sais-je…de quelqu'un d'une nature très intuitive et parfois, je suppose à cause de son âge, il ne comprenait pas tout et il en souffrait. Il appelait alors Loïc pour en parler avec lui.
- Tu ne m'avais pas dit tout cela.
- Je n'ai pas cherché à le cacher, j'avais un peu occulté cet aspect de notre fils parce qu'il ne me mettait pas à l'aise. Tout en étant très proche de lui, je ne comprenais pas toujours notre petit garçon qui parfois tenait des propos de vieux sage et je me demandais comment il pouvait avoir développé ces réflexions à son âge. Je suppose

que Loïc t'en dirait plus que moi sur ce sujet. Ils ont passé des heures au téléphone. Tout comme il te dira que Loïc n'a pas été conçu à cet endroit là par hasard et tu ne seras plus très loin des fées et des korrigans.
- Bon je suis tout de même plus cartésien.
- Mais tu te laisseras entrainer par les contes et les histoires tirées des vieux grimoires et tu en sortiras étourdi et troublé, ne sachant plus si tu as rêvé ce que tu as entendu et vécu dans un état un peu second. Je t'assure que Loïc est un drôle de bonhomme riche de secrets. Heureusement, Sandrine est plus abordable, comment dire, ordinaire ou humaine.

Tout en devisant, ils arrivèrent dans les encombrements parisiens.
France appela pour avoir un compte-rendu de leur séjour et elle avoua à Pierre combien elle adorait le « vieux fou ».
- Je suis sûre que Merlin l'enchanteur est un de ses ancêtres. Il sait tellement de trucs bizarres qui sentent le soufre et la fumée psychédélique que je me retiens de l'appeler lorsque j'ai un truc qui ne passe pas. Il n'est pas du genre à tirer les cartes mais il sait des choses ou il les devine en rigolant et ça m'a toujours foutu les jetons. Je l'ai appelé il n'y a pas longtemps pour avoir des nouvelles et il

m'a demandé de qui j'étais amoureuse et si mon séjour au-delà des mers s'était bien passé. Il m'a dit que c'était un gars bien or personne ne lui avait parlé de Marc, j'ai posé des questions à commencer par toi Albane, j'ai pensé que tu avais lâché le morceau.

- C'est pour cela que tu voulais savoir ce que je lui avais dit sur vous ? Je n'ai jamais parlé de Marc ni de tes copains à Loïc, et s'il me demandait comment tu allais, la conversation n'allait pas plus loin. Tu as du, sans t'en souvenir lui faire des confidences, répondit Albane.
- Je ne sais pas, c'est pourquoi je pense qu'il a un don de double vue ou un truc comme ça.
- As-tu des nouvelles de Marc ?
- Oui, il est pressé de rentrer, la dernière ligne droite n'en finit pas de finir. Il a joué aujourd'hui son dernier match et il aura quelques réceptions d'adieu avant de prendre l'avion. Si par hasard il devait recevoir un prix de quelque chose, il faudra qu'il retourne pour le recevoir en janvier. J'irai certainement avec lui parce que si j'ai confiance en Marc, je n'ai pas confiance dans les petites nénettes prêtes à tout pour s'approcher de ses fesses et du reste...

Elle est coupée par un éclat de rire tonitruant.

- Ce n'est pas possible il va falloir que je lui raconte… Tu es jalouse, …, j'en pleure ! dit Pierre entre deux éclats de rire.
- Tu peux rigoler ! J'étais là, j'ai assisté à un match et je les ai vu agir, ces gamines. Je t'assure qu'il y avait des leçons de séduction à prendre. Je me demande encore comment il a fait pour leur échapper pendant toutes ces années !

La conversation dériva vers le séjour à Courchevel. France ne semblait pas gênée de savoir que Marc aspirerait à plus, pendant qu'elle s'amuserait sur les pistes et que si son séjour à elle avait toutes les chances d'être agréable, celui de Marc pourrait bien être plus inconfortable.

« C'est surprenant, je ne la connaissais pas aussi égocentrique. Est-ce un trait de caractère que je n'avais pas découvert ou une attitude pour cacher son inquiétude ou son malaise ? A moins qu'elle essaye de pousser Marc dans ses retranchements ! »

La sentant sans doute préoccupée, Pierre prit sa main en murmurant :
- Ne t'inquiète pas mon cœur, Marc est solide et France n'est pas aussi évaporée qu'elle veut en donner l'impression.

A nul autre pareil

19

Le mardi matin vers onze heures, Loïc tendu et peut-être gêné, appela Pierre.
- Pierre, je te dérange mais c'est sérieux. Je n'ai pas voulu affoler France, mais tu dois dire à ton ami des Amériques de ne pas prendre l'avion qu'il a réservé et de changer son billet pour un jour ou deux avant ou après et de choisir une ligne normale comme il voudra mais surtout qu'il ne prenne pas l'avion retenu. Il se prépare quelque chose de grave et il vaudrait mieux l'éviter parce qu'il aurait du mal à s'en dépêtrer, des années de galères.
- Loïc, vous êtes sûr de vous ou vous nous faites une blague ?
- Pierre, je ne me serais pas permis de t'appeler si la menace n'était pas réelle. Elle est là mais je ne sais pas exactement de quoi il s'agit. Il va y avoir des problèmes et des dégâts. Dis à ton ami de changer de vol même si ça lui coûtera un peu, ce sera plus sûr. Et puis, fais attention à ta femme, elle a quelqu'un de proche, peut-être une

femme qui a appris qu'elle a un peu d'argent et elle lui veut du mal.
- Proche comment ? Au travail ?
- Non, vraiment proche, elle veut renouer pour mieux la dépouiller.
- Proche comme sa mère ou ses amies ?
- Je ne sais pas …
et il se mit à parler en une langue incompréhensible avant de se taire, puis la liaison fut interrompue.
« Qu'est-ce qu'il nous a fait là, le papi Loïc ? Il est un peu tôt pour qu'il ait abusé de la piquette ! » se dit-il inquiet.

Par acquis de conscience, il appela Marc qui confirma avoir eu l'opportunité de faire le trajet confortablement installé dans un jet privé prêté par un riche supporter de l'équipe, avec deux autres gars de l'équipe prêts à découvrir la capitale.
- Je ne comprends pas ce qu'il y a de dangereux, il avait abusé du chouchen, ton papi ?
- Non c'est justement ce qui est flippant. Il m'a appelé pour me dire ça, et a beaucoup insisté, « tu dois faire le trajet sur un vol normal la veille ou le lendemain du jour prévu » autrement tu risquerais de gros ennuis et des années de galère. Je ne suis pas superstitieux mais il a vraiment été insistant et m'a sacrément troublé. Tu as l'info, tu restes le décideur.

- Bon, c'est plus qu'idiot mais tu as réussi à m'inquiéter et j'ai des envies et des projets à réaliser, les problèmes n'en font pas partie et je peux m'offrir un aller simple pour Paris. Les gars seront déçus que je ne me joigne pas à eux mais ils trouveront quelqu'un d'autre désireux de passer un week-end à Paris. Je vais leur dire que j'ai une urgence familiale et essayer d'obtenir un billet la veille en revanche je n'ai aucun argument objectif pour les dissuader d'emprunter le jet. Je te tiendrai au courant.

Soulagé, Pierre se frotta la tête, il devait maintenant essayer de protéger sa femme de quelqu'un de son entourage et c'était moins évident.

Il décida d'en échanger avec Albane car c'est aussi à elle d'être sur ses gardes bien que dans l'entourage de la jeune femme, il ne connaisse que France et Anne qui semblent être ses seules amies proches et il en est certain, elles se moquent de l'argent qu'Albane pourrait posséder. Sa mère est loin et ne l'appelle pas, pourrait-elle avoir des besoins insoupçonnés ? Dans le milieu du travail, il ignore avec qui Albane s'entendrait particulièrement bien, elle n'est pas encore à la fin de sa période d'essai et ne connait pas grand monde si l'on excepte quelques juristes. En y réfléchissant, il n'y aurait que sa mère qui pourrait lui vouloir du mal mais pourquoi maintenant ?

Il appela Renaud et lui expliqua, gêné, la demande de Loïc. Renaud l'écouta sans l'interrompre et confirma qu'il avait été alerté la veille par son notaire qui aurait obtenu l'information par le banquier de Marie. La mère d'Albane aurait fait de mauvais investissements et serait en difficultés pour honorer le règlement les derniers travaux effectués par l'entreprise de rénovation.

- Si elle a entendu parler de l'argent que j'ai fait virer de mes propres revenus, tous les mois depuis sa naissance sur le compte d'Albane, ou si elle a appris que sa fille est la vraie propriétaire des entreprises, je l'imagine bien lui demander de payer à sa place et tenter de la dépouiller. Je vais mettre mes avocats sur le coup. Si elle était contactée, tu devrais empêcher Albane de participer à cette folie sans une contrepartie qui garantisse son investissement comme une interdiction pour sa mère de vendre la maison par exemple, ou la restitution avec intérêts des sommes avancées en cas de vente de la maison. Je vais aussi demander au banquier que deux autres signatures soient nécessaires en cas de demande d'utilisation des fonds, la mienne et la tienne par exemple, autrement, Albane risquerait de tout perdre si quelqu'un faisait pression sur elle. Je vais immédiatement m'en occuper et remercie Loïc de veiller sur ma fille, quelle que soit sa façon d'avoir obtenu l'information, il nous a rendu service. Je te laisse et m'occupe de cette affaire immédiatement. C'est un peu rassuré qu'il attendit le retour d'Albane.

Elle écouta le compte-rendu de Pierre, qui aperçut une larme glisser le long de sa joue.
- Ma chérie, ne pleure pas, je pense que ta mère est malade. J'ignore pourquoi elle réagit de cette façon mais ne te laisse pas atteindre. Ton père est solide et il veille sur toi depuis qu'il a appris que ta mère était enceinte. Il a fait ce qu'il fallait pour garantir ta sécurité et protéger tes biens, en revanche, nous ne pouvons éviter que ta mère se ruine si elle le veut mais elle sera empêchée de s'en prendre à toi. Nous avons mis en place quelques mesures qui seraient un peu contraignantes si tu voulais utiliser tes revenus seule, sans en parler à ton père ou à moi. Tes fonds sont à ta disposition si nous sommes d'accord avec l'usage que tu veux en faire et que nous contresignons tes retraits.
- De quelle somme aurait-elle besoin ?
- Je l'ignore mais c'est un principe. Si tu payes pour cette maison, à moins de vouloir lui faire un don, tu dois en recevoir la contrevaleur majorée des intérêts en cas de vente. Tu pourrais lui octroyer un

prêt mais il n'est pas question d'un cadeau. C'est ton père seul qui t'a constitué ce bas de laine en fournissant un travail dans les entreprises. Ta mère disposait d'une belle fortune qu'elle a dilapidée, on ne sait comment et ne t'a rien transmis. Je présume que ton père va s'occuper de payer ses dettes, pas plus qu'elle il n'a d'intérêt à causer un scandale et il va certainement poser des conditions drastiques. Il faut lui faire confiance, il a toujours été un chef apprécié parce qu'il recherchait la justice. Il n'est pas haineux à l'égard de ta mère, il a surtout des regrets dont il s'attribue la responsabilité mais d'après ce qu'il m'a dit, elle a toujours été comme ça à chercher son profit, et ce qu'elle considérait comme un dû. Elle a vendu les entreprises sans lui en parler et fait de mauvaises opérations mais ce que tu possèdes d'après elle, qui te vient de ton père, devrait d'abord lui revenir parce qu'elle t'a donné le jour. Son raisonnement est totalement perverti ce qui me fait penser à une défaillance mentale.

- J'ai compris, j'espérais qu'elle me laisserait en paix ou qu'elle m'oublierait. Je n'ai pas besoin de ces entreprises pour vivre mais mon père a passé sa vie à les faire prospérer pour me les transmettre, il n'est pas question qu'elle revendique quoi que ce soit. Si seulement elle pouvait partir loin et m'oublier, je t'ai, et je sais que je peux compter

sur Anne, France et les Armand, le reste m'importe peu.
- Tu oublies Marc et Renaud et mes parents qui ont leurs défauts mais t'aiment beaucoup.

Il lui raconta l'entretien téléphonique qu'il avait eu avec Loïc et Marc et son récit la laissa béate de stupéfaction.

- Donc nous sommes bien d'accord, si ta mère te contactait, tu devrais m'en avertir sans attendre, d'après Loïc, cela ne devrait pas tarder.
Et comme pour lui donner raison, le portable d'Albane résonna dans la pièce.
Sur un signe d'encouragement de Pierre, elle respira en fermant les yeux et calmée, décrocha en mettant le haut-parleur.
- Albane, j'ai besoin de te voir. Peux-tu venir au château demain ?
- Bonsoir Marie, non je travaille et ne serai pas disponible.
- Je suis ta mère, fais-toi porter pâle.
- Non, j'ai des dossiers importants à traiter et nous pouvons échanger par téléphone, que se passe-t-il ?
- Je suis bloquée ici et ne peux pas me déplacer, tu dois venir.
- Je viendrai samedi avec Pierre.

- Non, je ne veux pas voir cet homme, il t'a compromise aux yeux de la société et a perturbé mes projets.

Albane éclata de rire :

- Compromise ! comme tu y vas et la société laquelle ? Les trois paumés du village qui te saluent sans oser lever les yeux ? C'est ça ta société, tu délires et tu es ridicule ! Donc tu as oublié que tu avais une fille pendant vingt-cinq ans et tout d'un coup tu aurais besoin de moi ? Tu as toujours préféré rester seule alors maintenant débrouille-toi !
- Tu vas le regretter.
- Je regrette surtout d'avoir décroché, rappelle-moi si tu veux que je vienne samedi après-midi avec mon mari, autrement je te souhaite bon vent.

Puis elle interrompit la conversation.

Sa mère rappelait.

- Que veux-tu ?
- Tu t'es mariée avec ce type ? Tu ne m'as pas tenue informée et je n'ai pas été invitée !
- Pour quelle raison aurais-tu eu besoin d'être prévenue ? Tu ne t'es jamais intéressée à ce que je faisais, pourquoi maintenant ?
- Il y a deux ans, j'ai donné ta main à cet homme qui devait faire du château un lieu extraordinaire, un hôtel casino pour des gens de bonne naissance.

- Et contre quoi as-tu donné ma main sans me consulter alors que je suis majeure depuis longtemps ?
- Je devais terminer l'agencement du château et j'aurais perçu une pension.
- Tu te rends compte que tu dis n'importe quoi ? As-tu signé quelque chose ?
- Non, c'est quelqu'un de bien un comte roumain, nous nous sommes serré la main. Il est impatient maintenant et m'appelle toutes les semaines.
- Quel est son nom ?
- Je ne sais pas bien, il est imprononçable.
- Donc tu n'as aucun écrit notarié, tu t'es fait rouler si tu n'as aucun contrat et qu'as-tu fait de ta fortune ?
- Je ne l'ai plus, le comte m'a encouragée à jouer des numéros et je n'ai pas eu de chance.
- En gros, ce bonhomme est un truand et tu t'es fait duper parce qu'il est probable qu'il n'est pas plus comte que toi. Je ne vois pas ce que je peux faire pour toi et heureusement pour moi, je suis mariée à l'homme que j'aime et qui m'aime.
- Marie, je vais vous envoyer mon avocat, vous lui donnerez tous les éléments de cette histoire et il verra ce qu'il pourra faire. Vous devriez aussi en parler avec Renaud.
- Avec lui ? Certainement pas !

Et elle raccrocha sur ce cri du cœur.

- Je suis inquiet qu'elle soit en lien avec des voyous. Elle a dû être repérée comme une femme riche et isolée et a été abusée. J'ai un ami qui pourrait discrètement faire le point et rechercher des pistes, peut-être en traçant l'argent quoique si elle est passée par un casino, ça risque d'être fichu. Comment a-t-elle pu te promettre en mariage à ce type ? Elle vit vraiment dans un monde parallèle.

- Es-tu certain qu'il ne pourra pas me revendiquer ? Je suppose que ce qui l'intéresse ce sont les sociétés et l'argent de papa. Comment peut-on sécuriser tout cela ?

- Ma chérie, nous sommes mariés, tout ce qui est de plus légal et ton patrimoine comme celui de ton père sont sécurisés. Personne ne peut rien faire sans passer par des process qui nécessiteront que les identités des personnes qui interviendront soient dévoilées et vérifiées. En revanche, bien qu'ignorant ce que ta mère a signé, je ne serais pas surpris qu'elle ait déjà perdu sa maison et sans revenus, qu'elle soit plus ou moins à la rue. Elle doit en avoir conscience et cela expliquerait sa panique. Si tu veux bien, j'aimerais en discuter avec Renaud.

Les deux hommes échangèrent longtemps, il fut décidé que des vérifications seraient faites par une agence de sécurité connue par Renaud et qu'en attendant, afin d'éviter les soucis, Albane resterait à

A nul autre pareil

l'appartement en télétravail. Renaud s'occupera d'en informer Patrick avec lequel il s'est bien entendu.

- Pff... le grain de sable là où il n'était pas attendu !

Ma chérie, j'ignore avec qui Loïc correspond mais il est sacrément doué, il a réussi à nous mettre sur nos gardes et nous avons pu anticiper. Ce n'est pourtant pas terminé et nous devons être prudents et nous déplacer le moins possible. Voyons le bon côté de ces affreuses circonstances, nous sommes toujours en lune de miel !

20

Ils s'organisèrent afin qu'Albane ne soit jamais seule. Prévenue, la famille Armand comprit quels étaient les risques et les enjeux et proposèrent leur aide pour leur simplifier la tâche.

Le cabinet sollicité par Renaud était d'une discrétion absolue, ne rendant des comptes qu'à celui qui avait signé le contrat. A ses yeux, ils étaient tous suspects et chacun fit l'objet de recherches approfondies afin d'éliminer tout risque d'être circonvenu par un proche. Le danger émanant de Marie, fût confirmé, ou pas, par l'agence qui ne rendit les conclusions qu'à Renaud, toujours très discret lorsqu'il s'agissait de son épouse.

Un soir, le père d'Albane vint à l'improviste chez Pierre, le prévenir qu'il devait partir avec sa femme jusqu'à nouvel ordre dans un lieu connu d'eux seuls, jusqu'à ce qu'il les contacte au moyen d'un appareil téléphonique prépayé qu'il fournit.

- Disparaissez et ne soyez pas pistables, aussi abandonnez vos téléphones personnels ici, un véhicule ordinaire a été loué par une des entreprises Armand et Anne viendra vous déposer les clefs. Elle vous dira où trouver la voiture et payez tous vos achats en espèces. Voilà une enveloppe de liquide, évitez les grands hôtels préférez les gîtes chez l'habitant, avec cette somme vous devriez tenir plusieurs semaines sans faire de folies. Il faut disparaitre pendant quelques jours, le temps de coincer les gars qui nous ennuient.
- Que va devenir Marie ?
- Elle ne sera plus une préoccupation et vous n'entendrez plus parler d'elle. J'en fait mon affaire mais elle a plus que dépassé les bornes en voulant vendre ma fille à la pègre pour conserver un tas de cailloux dont elle profite à peine. Où a-t-elle vu cela ? Elle a complètement perdu la tête !

Son émotion était forte et Pierre la percevait nettement, Renaud avait souffert pendant des années de son mariage et n'acceptait pas le traitement infligé à sa fille.

- Renaud, ne faites pas n'importe quoi, ne compromettez pas votre existence, Albane est tellement heureuse de vous avoir retrouvé et elle a besoin de vous, remarqua Pierre.
- Je resterai dans les clous, ne t'inquiète pas mais Marie sera installée dans un lieu retiré, hors

de France, où elle trouvera la paix dont elle a besoin. Elle aura ainsi tout le temps nécessaire pour méditer sur ses erreurs. Le cabinet que j'ai embauché ne désespère pas de récupérer le château dont Albane est propriétaire. C'est la surprise des investigations qui ont été faites. Les parents de Marie avaient laissé une partie des entreprises à leur fille et une autre à moi, ce que je savais mais la maison appartenait à Albane depuis leur mort et sa mère en avait l'usage jusqu'à la majorité de sa fille, ce qu'elle n'acceptait pas. C'est pourquoi, le responsable de la bande mafieuse voulait épouser Albane, c'était le seul moyen d'entrer en jouissance du château pour lequel il avait avancé quelques sous, très loin de la valeur de l'immeuble, juste le paiement d'une dernière facture. Mon avocat lui a fait parvenir un chèque de compensation et l'information du mariage d'Albane largement majeure et en capacité de décider seule de sa vie. A présent, le seul moyen pour qu'elle soit à nouveau rapidement disponible serait…

- Qu'elle soit veuve ! C'est pourquoi vous nous faites dégager en urgence et en catimini…
- Tu as compris. J'ignore comment ce type réagira. Si alors qu'il est remboursé de la somme avancée pour les derniers travaux, il ne peut vous mettre la main au collet, s'il se sent coincé, surveillé et sous un coup de pression donné par la justice qui

le convoque afin de régler légalement une autre affaire en dehors des clous, il admettra je l'espère, qu'il a perdu la partie et ira chercher ailleurs bonne fortune... Préparez une valise pour une quinzaine de jours. J'espère que ce ne sera pas plus long.
- Ce serait bien que nous nous retrouvions à Courchevel pour les fêtes de fin d'année.
- C'est l'idée mais d'ici là, nous devons redoubler d'efficacité et personne ne doit savoir où vous joindre alors soyez ingénieux, changez d'hôtel et bougez.

Renaud embrassa sa fille, saisit son gendre pour une accolade affectueuse et repartit, laissant le jeune couple songeur.
- Ton père cache bien son jeu, il vaut mieux l'avoir pour ami car il s'est révélé un redoutable ennemi. Où voudrais-tu aller nous cacher mon cœur ?
- Je ne sais pas, pourquoi n'irions-nous pas dans une station familiale des Alpes, pas à Courchevel mais pas trop loin.
- Tu sais skier ?
- Pas vraiment, j'ai fait un peu de ski de randonnée après la mort de Pierrick. Je n'ai jamais eu le temps et le goût de pratiquer un sport ni les moyens de partir à la montagne avec Pierrick car il valait mieux en plus, qu'il ne soit pas contaminé par un méchant virus.

- Alors partons loin de la Bretagne et de Paris.

Pierre réfléchit un moment puis proposa d'aller au grand Bornan qui se trouve à environ une heure et demie au nord de Courchevel.
- Rien ne nous reliera à cette station aussi si tu n'y es pas opposée, allons préparer nos valises !

A vingt et une heure, Anne appelait sur leur nouveau téléphone pour leur demander d'ouvrir le garage qu'elle puisse y laisser leur véhicule pendant que Patrick l'attendrait dans une rue proche.

Pierre descendit et récupéra les clefs. Anne habillée de sombre lui confia que Renaud préférait qu'ils partent assez vite, quitte à s'arrêter dans un hôtel en banlieue pour se reposer.
- Et pour le cas où cette voiture aurait été repérée lorsque je suis arrivée, il vaudrait mieux que ta passagère soit cachée aux yeux d'un éventuel guetteur. Je vais sortir à pied par la porte d'entrée de l'immeuble. Soyez prudents et mettez-vous à l'abri rapidement. Dit-elle en retournant sa parka réversible, de bleu marine devenue jaune, puis elle enfila un bonnet de laine claire et prit l'ascenseur pour regagner le rez de chaussée.

Elle salua de la tête l'homme qui s'abritait sous l'auvent de la porte et se dirigea vers la rue où son mari l'attendait.

« Par ce froid que faisait cet homme dehors ? Faisait-il le guet ? » se demanda-t-elle satisfaite de son idée de parka pour tromper un éventuel guetteur.

Au coin de la rue elle vérifia si elle n'était pas suivie, ne vit personne et les mains dans sa veste matelassée poursuivit son chemin. Une cinquantaine de mètres plus loin, elle reconnut la voiture de Patrick.

- Tout s'est bien passé ?
- Je suppose, il y avait bien un bonhomme qui attendait on ne sait quoi près de la porte de leur immeuble mais rien de grave. Ils avaient l'air d'être prêts à partir. Tu ne crois pas qu'on en fait un peu trop ?
- Marie a fait des promesses au chef d'un groupe maffieux, donc c'est grave parce que nous apprécions mal leur dangerosité. Espérons que Renaud maitrise le dossier, il est seul à en avoir une vision globale. Le moment est tout de même difficile pour les jeunes. Ils auraient mérité de commencer leur vie à deux de manière plus tranquille.

Pendant ce temps, Pierre et Albane prenaient l'ascenseur pour aller jusqu'au garage. Les deux valises dans le coffre, Pierre demanda à Albane de s'installer à l'arrière du véhicule le temps de sortir de Paris, puis ils prirent la route.

Pierre fit quelques tours et détours dans Paris, afin de vérifier que le véhicule n'était pas suivi puis convaincu que tout allait bien, il rejoignit l'autoroute. A Auxerre, ils s'arrêtèrent dans un hôtel afin de dormir un moment. A priori, rien ne les bouscule et ils ne sont pas pressés d'arriver puisqu'ils sont en vacances nomades forcées.

Le lendemain, ils reprirent la route en fin de matinée pour faire une halte à Beaune car aucun d'eux ne connaissait le musée des Hospices de la ville d'où ils sortirent enthousiasmés. Ils visitèrent ensuite une cave recommandée par le concierge de leur hôtel et achetèrent du bon vin pour les fêtes et pour eux en prévision des diners qu'ils offriront à leurs amis. En vacances et sans contact avec Paris, ils oublièrent leurs soucis et furent gagnés par une forme de paix pour ne pas dire d'insouciance.

A Macon, ils flânèrent malgré le froid, serrés l'un contre l'autre, dans la vieille ville et admirèrent les maisons à colombages bien préservées tout en cherchant le restaurant qui leur avait été conseillé. Repus et réchauffés ils retournèrent rapidement à l'hôtel, la température paraissant encore plus piquante après la chaleur du restaurant.

Ils arrivèrent sans se presser le troisième jour à destination. Pierre avait trouvé un gite sur internet et l'avait réservé pour une semaine. Une dame âgée les accueilli et leur montra le studio qu'ils occuperaient, situé sur le côté de sa maison ainsi que le garage dans lequel ils pourraient abriter leur voiture pendant leur séjour. L'appartement est bien assez grand et dispose d'une jolie vue sur les champs de neige. Il est totalement équipé, pour pouvoir y préparer leurs repas s'ils le souhaitent. La dame vit seule, elle est un peu bavarde mais sympathique, elle prend son temps pour répondre à leurs questions. Elle leur explique où trouver des skis de randonnée en location et la localisation du petit supermarché s'ils veulent y faire quelques courses.

La nuit commence à tomber, heureusement, ils avaient fait quelques achats en prévision de la soirée et n'ont pas très envie de ressortir dans le froid.
- Seras-tu bien ici, ma chérie ?
- Le gite est parfait et tu es là avec moi, je ne te partagerai avec personne. C'est un rêve qui se réalise !
- Prenons ce séjour comme des vacances, j'aurais préféré t'emmener aux Maldives mais ce voyage se fera plus tard. Le travail c'est bien mais je ne négligerai pas ma femme pour lui. Tu es

l'élément le plus important de ma vie et tu m'as beaucoup trop manqué. Dit-il les lèvres sur son front, la serrant contre lui.

Ils restèrent quatre jours à jouir du soleil et de la neige. Hors de leurs préoccupations quotidiennes, heureux et sans soucis, les notions de temps disparurent et ils se retrouvèrent, complices, joueurs et amoureux, n'hésitant pas à donner et à demander de la tendresse. Ils devinrent plus démonstratifs, assumant leur amour et leur désir pour leur plus grand bonheur.

Le cinquième jour, en revenant d'une promenade, pendant qu'Albane préparait le déjeuner, Pierre consulta le téléphone relégué, dans un tiroir de commode. A sa surprise, un message daté de la veille lui demandait de rappeler un numéro qu'il ne connaissait pas. Il préféra essayer d'appeler Renaud qui répondit sur le champ.
-       Ici tout va bien. Pourquoi appelles-tu ?
-       J'ai trouvé un message anonyme daté d'hier, me demandant d'appeler un numéro. Je ne l'ai pas fait.
-       Donne-le-moi... J'espère qu'ils n'ont pas tracé le téléphone. Détruit le et sors en acheter un autre. Rappelle-moi à ton retour mais prévoyez de rapidement changer de gite si le numéro que tu

m'as communiqué est bien celui des gus qui nous ennuient. Tout était trop calme !

Puis il raccrocha.

Pierre enfila son blouson et se précipita acheter un nouvel appareil et il rappela Renaud dès qu'il fut ressorti de la boutique.
- Bon les gars n'ont pas identifié le numéro il faut donc partir du principe qu'ils ont pu géolocaliser l'appareil le temps de notre discussion. Déplacez-vous cette nuit et demain matin changez de région. Faites vite, courage et embrasse ma fille.

Déçu et agacé par cette affaire qui dure, Pierre regagna le gite et prévint la propriétaire qu'appelé par ses parents, ils devaient rentrer d'urgence à Paris pour régler un problème familial mais que le gite est payé pour la durée retenue et qu'il ajoutait deux heures pour une femme de ménage.

Albane fut tout aussi déçue que lui de voir cette parenthèse se terminer aussi vite mais après le déjeuner, elle emballa leurs quelques victuailles et prépara sa valise très vite. A dix-huit heures, après avoir un peu sommeillé, ils prirent la route et s'arrêtèrent après Annemasse, dans un hôtel de gamme moyenne situé à côté d'un grill.

Ils dinèrent et rentrèrent se coucher, le moral un peu moins bon.

A nul autre pareil

Le matin, après en avoir parlé, ils décidèrent d'explorer la Suisse en roulant le jour, s'arrêtant la nuit.

- Après tout, c'est un beau pays que je connais mal. C'est l'occasion rêvée pour ce genre de promenade et en nous posant au dernier moment le soir, nous serons moins vulnérables.

Ils mirent leur temps à profit pour découvrir Genève et ses environs, firent le tour du lac jusqu'à Lausanne et continuèrent vers Genève avant de reprendre leur route pour Courchevel si les nouvelles obtenues le permettent.

Cinq jours sont passés et Noël approche. Ne sachant que faire et vers quelle destination se diriger, Pierre tenta de joindre Renaud. Le téléphone sonna dans le vide et personne ne répondit. Bien qu'il n'en dise rien à Albane, l'inquiétude commença à le ronger. Il essaya d'appeler Patrick Armand mais là encore personne ne répondit.

Il changea d'appareil, détruisit celui avec lequel il avait appelé et décida de se rapprocher de Courchevel sans s'y installer tant que Renaud ou Patrick n'auraient pas donné d'informations…

Ils ont le temps de musarder même si le cœur n'y est plus car l'inquiétude les empêche de profiter totalement de la promenade.

Ils décidèrent de prendre le chemin des écoliers et de passer par Combloux, désignée par Victor Hugo comme « *la perle des Alpes au milieu des glaciers* », en évitant les routes à fort trafic et les péages. Ils tombèrent amoureux de cette petite station face aux célèbres pitons alpins et riche d'un beau domaine skiable. Les vacanciers ne sont pas encore arrivés aussi trouvent-il une chambre à louer jusqu'au 25 décembre en croisant les doigts qu'ils pourront abréger cette location et rejoindre les Armand à Courchevel comme prévu.

La chambre n'est pas grande et aucun service annexe n'est proposé mais ils n'ont besoin de rien et sont loin d'avoir épuisé l'enveloppe confiée par Renaud, même s'ils sont sur la route depuis onze jours.

Renaud n'a pas ses nouvelles coordonnées téléphoniques aussi Pierre essaye-t-il à nouveau de joindre son beau-père qui décroche brutalement.
- Oui, qui est à l'appareil ?
- Renaud ?
- Oui…
- Nous venons aux nouvelles.

- Notre affaire est réglée, rendez-vous le 24 comme prévu. Inutile d'y aller avant, nous avons encore un détail à régler. Profil bas encore quelques jours.
- Parfait, au 24.

Pierre est curieux mais soulagé d'un grand poids, Renaud semble avoir mené son opération à bien même s'il a encore « un détail à régler ». Dans quelques jours ils seront informés. Lui doit toujours protéger son épouse mais de savoir qu'ils arrivent au bout de cette cavale, il se sent plus léger et ressent l'envie de profiter des charmes et de l'offre de la station.

Avec Albane, ils se penchent sur les prospectus mis à leur disposition et font une sélection de balades à tenter. Albane constate que Pierre est plus détendu, ce qui la réconforte même s'il ne lui a rien dit de son entretien téléphonique.

Les trois jours passèrent vite, le temps a été magnifique même si le froid était vif. Ils ont découvert des coins fabuleux et ne regrettent pas ce détour même si la jeune femme est gênée par son absence à son poste, injustifiée pour les RH. Sans doute Patrick a-t-il fait en sorte que son dossier ne soit pas mis en procédure de licenciement mais malgré tout elle n'est pas à l'aise. Marc devrait arriver à Paris et il ne pourra pas compter sur Pierre pour aller le chercher à l'aéroport, alors qu'il doit crouler sous le poids de ses valises. Albane a très envie de contacter France mais les consignes sont impérieuses, il leur est interdit d'appeler qui que soit tant que toute l'histoire ne sera pas terminée ! Elle suppose que France s'occupera de Marc mais il y a longtemps qu'elle n'a pas échangé avec son amie et à la vitesse des changements de points de vue de France, la méfiance est de rigueur. Elle peut avoir décidé qu'attendre que Marc se soit installé à Paris est trop long, mais elle repense au comportement adopté depuis sa rencontre avec Marc et s'accuse de médisance.

« Tu te trompes, elle est mordue ! »

A l'heure du diner, Pierre reçut un appel téléphonique qui provoqua un grand sourire et la détente de sa posture. Il écouta sérieux, son correspondant, acquiesça et raccrocha.

- Tout est terminé ma chérie mais ta mère comme le chef du réseau ont perdu la vie dans un refus d'obtempérer, leur chauffeur a tenté de forcer un barrage destiné à les arrêter et les gendarmes ont fait feu. Marie sera inhumée en toute discrétion dans le caveau de sa famille.

Il a fallu que Renaud apporte toutes les pièces qu'il détenait sur l'affaire pour ne pas être incriminé comme un harceleur tellement sa poursuite du couple diabolique a été acharnée. Le juge ne voulait d'abord pas y croire et était stupéfait par la malignité de ta mère qui avait fait collusion avec le chef de la bande qui espérait te déposséder. Tout est au clair à présent et l'idée est de nous retrouver le 24 au chalet des grands parents Armand.

- Qui ira accueillir Marc ?
- France s'est dévouée. Il s'installera chez elle en attendant d'avoir signé pour un pied à terre.
- Oups ! A la vue de tous ?
- J'ai l'impression que France a parlé de Marc chez elle et aux Armand. Ils sont donc libres d'agir comme ils veulent. Elle a l'âge de ne plus demander l'accord de sa maman pour recevoir un homme chez elle.
- Il ne s'agit pas de cela mais de prévenir tout le monde qu'elle vit avec Marc et de subir les critiques ou les manifestations diverses de ses proches comme de ceux qui le sont moins, tous prétendant savoir mieux que France ce qui serait bon pour elle… Elle est toutefois, assez forte pour y faire face, ce sera peut-être désagréable mais elle survivra.
- Moi, j'ai hâte de retrouver mon vieil ami. Je ne sais même pas s'il a bien terminé son championnat ! Il faudrait que nous appelions Loïc pour le remercier de nous avoir prévenu des

problèmes qui nous attendaient et l'informer que tout est terminé.

-       Sans doute a-t-il déjà eu une prémonition mais tu as raison, un petit coup de fil ne serait pas de trop et lui ferait plaisir.

21

Le lendemain matin, heureux de savoir que cet épisode était terminé, ils prirent la route pour aller à Courchevel. Noël approche et le temps n'est pas fameux. Ils sont ralentis par un épais brouillard tellement gênant que Pierre préféra s'arrêter en attendant qu'il se dissipe, plutôt que de rendre des risques.

Il eut Marc au téléphone, satisfait d'être revenu à Paris et de pouvoir souffler car sa fin de contrat avait été difficile mais il est satisfait par les résultats de son équipe et par les conditions qui lui sont proposées par le sponsor qui veut l'embaucher pour deux ans. Il a les moyens et des investissements suffisamment importants pour ne pas avoir à travailler mais il pense qu'il aura besoin de s'occuper et n'imagine pas arrêter le sport brutalement après des années de pratique intensive. Avec France, ils devraient arriver le 24 en fin de matinée sans doute en même temps que leurs parents. Il s'enquiert de leur cavale des

derniers jours et présente ses condoléances à Albane pour la perte de sa mère.
- C'est gentil d'y penser. Je me sens coupable de ne ressentir aucune perte ni aucune tristesse depuis que j'ai été avertie. Marie n'a jamais vraiment fait partie de mon entourage, elle m'évitait autant que je la fuyais. Nous ne nous étions pas vue depuis dix ans si l'on excepte une discussion de trois minutes dans le couloir de l'hôpital lorsque mon père a été victime d'un accident cardiaque, il y a quelques semaines. J'espère simplement qu'elle a enfin trouvé la paix même si sa mort a été violente. Elle a déjà été inhumée dans le caveau familial.
- Tu vas récupérer sa maison ?
- Elle m'appartiendrait depuis une dizaine d'années d'après ce qu'assure mon père mais nous l'ignorions. Je n'en ai qu'un souvenir imprécis et j'ignore ce que j'en ferai. C'est triste d'avoir envie de m'en débarrasser alors que ma mère y était aussi viscéralement attachée mais je n'y ai aucun bon souvenir et je ne l'ai pas revue depuis que des travaux ruineux y ont été faits. Nous en parlerons tranquillement avec Pierre qui est lui aussi concerné maintenant. Peut-être pourrions-nous y aller tous ensemble en fin de semaine après les fêtes ? Nous devrons en parler avec mon père.

Après le déjeuner, le brouillard se dissipa pour laisser la place à un soleil timide. Ils reprirent la route et arrivèrent au chalet en même temps que Monsieur et Madame Armand. Après de très sincères embrassades, Pierre transporta leurs valises jusqu'aux appartements désignés par la vieille dame.

Le chalet est étonnant, immense et confortable. Une très vaste et belle pièce de séjour s'ouvre sur une grande cuisine et un bureau. Un petit couloir près du bureau mène aux appartements privés du vieux couple. A l'étage, six chambres à la vue spectaculaire sur les montagnes attendent leurs occupants.
- Chouette chalet, murmura Pierre à Albane.
- Je crois qu'il a été construit par le grand-père de Patrick Armand et agrandi par son père qui n'a eu qu'un enfant. C'est un lieu agréable pour des retrouvailles avec des amis, les Armand y viennent plusieurs fois par an et le prêtent volontiers. Pour les plus âgés, il y a des promenades praticables et sécurisées afin de limiter les risques d'accident et une piscine chauffée tout près. Les séjours y sont agréables, c'est sûr !
- Est-ce que j'entends des voix ?
- Oui et ce n'est pas Monsieur Armand qui parlerait aussi fort.

A nul autre pareil

- Restes là, je vais m'assurer qu'il n'y a pas de souci, suggère Pierre qui sort et referme la chambre en ne faisant aucun bruit.
Il semble qu'une dispute a éclaté entre Monsieur Armand et un homme qui s'exprime fort avec un accent.
En se rapprochant, l'homme n'est en rien menaçant, il rit et plaisante avec le vieux couple, ce qui rassure Pierre mais quel incroyable organe il possède ! pense dit-il en se détendant.
Il se fait reconnaitre et se présente.
- Pierre, vous ne connaissez pas Dimitri, notre précieux homme à tout faire depuis trente ans. C'est lui qui a la charge d'entretenir la propriété. Il vit avec son épouse, Ludmilla dans la petite maison qui se trouve dans le parc. Il nous racontait ses démêlés avec un loup qui depuis le dernier confinement s'était installé sur la propriété. Dès que les hommes désertent, les animaux reprennent leurs droits, je trouve que c'est plutôt une bonne nouvelle.
- Vous ne risquez rien, ne soyez pas inquiet, lorsque les pistes ont été à nouveau fréquentées, la meute s'est à nouveau déplacée, précise Dimitri qui sans doute russe d'origine, possède une voix de stentor qui porte.

Madame Armand vient de me demander d'aller couper un sapin. Est-ce que la balade vous intéresserait ?
- Pourquoi pas oui, ce serait bien d'attendre l'arrivée de Marc qui ne devrait pas tarder. Il vient de lâcher le sport mais a déjà des envies de bouger et des fourmis sous les pieds.
- Il ne faudrait pas partir trop après quinze heures ou alors y aller demain matin. Ah une voiture s'est arrêtée.
- C'est lui, je vais lui dire de s'équiper et nous vous rejoindrons chez vous, répond Pierre qui se dirige à grands pas vers la porte.

Les deux amis tombent dans le bras l'un de l'autre.
- Va saluer monsieur et madame Armand, et passe en vitesse un truc imperméable et des bottes, nous sommes attendus par Dimitri pour aller couper le sapin.
- Génial ! J'arrive !
- C'est bien de toi de me piquer mon mec à peine arrivé.
- Il n'en sera que plus câlin lorsqu'il se sera détendu. Je sais combien il apprécie les « boites de sardines » pas tout à fait à sa taille !
- Il a loué une voiture en arrivant, le trajet a été confortable, en tout cas, il ne s'est pas plaint. Bon allez courir, je m'occupe des valises et mes parents seront là bientôt. Où as-tu caché ma copine ?

- Je suis là, j'arrive ! répondit Albane de la balustrade de l'étage.
Les deux femmes s'étreignirent avec force, comme si elles avaient été longuement séparées. Les deux amis les contemplaient avec une émotion palpable.
- Heureusement que nous sommes potes, tu imagines si nous ne pouvions pas nous supporter ? Zut, mon téléphone !... C'est mon coach... marmonne Marc en décrochant.

Il s'écarta pour prendre la communication, Pierre vit son ami se décomposer et s'approcha pour le soutenir.
- Il y a un souci ? demanda-t-il soucieux.
- Sais-tu comment Loïc a eu les infos pour me demander d'avancer mon départ ? demanda Marc en raccrochant avec son ancien entraineur.
- Ben... on ne sait pas trop, il aurait eu des prémonitions ou un truc comme ça. Il n'était pas précis sur le risque, je te l'ai dit. Il prétendait juste que tu devais partir avant ou après la date que tu avais fixé et préférer un vol commercial afin d'éviter des années de galère. Je t'ai appelé parce qu'il insistait et avait réussi à nous inquiéter.
- Je dois le remercier. Juste avant qu'il décolle, la douane a fait un contrôle dans l'avion que je devais prendre, les chiens ont découvert des centaines de kilos de drogue empaquetés. Mes

coéquipiers ont été arrêtés et je dois justifier de la raison de mon désistement et expliquer comment j'aurais éventuellement eu l'information auprès de la police... C'est un truc de dingue !

- Nous craignions un accident mais nous n'avions pas pensé à de la drogue, et que tu sois considéré comme complice ne nous avait évidemment pas effleuré l'esprit...

- Les jeunes je vous attends, crie Dimitri.

- Cette histoire m'a coupé l'envie de sortir, va avec lui, je dois en parler avec France, elle saura peut-être ce que je dois faire. Comment expliquer de manière crédible que j'ai changé mes plans sur les conseils d'un vieil homme inspiré par on ne sait quoi. Les policiers vont penser que je me moque d'eux.

- Non, dis que tu avais une réunion de famille importante et que tu devais être là. Tu es immédiatement venu à Courchevel, nous sommes tous témoins et j'imagine que tes comptes sont clean.

- Oui ce n'est pas un souci... je m'inquiète pour les deux joueurs qui n'ont rien à voir avec tout ça. C'est sans doute quelqu'un de chez mon sponsor qui est impliqué dans un trafic et je ne me suis pas méfié, l'offre du patron était inattendue et sympa.

Puis il rejoignit les deux femmes, les épaules basses, l'air abattu.

Pierre accompagna Dimitri et ils revinrent deux heures après avec un bel arbre bien fourni, sentant la résine qui fut rapidement décoré par France et Albane.

Pendant l'absence de son ami, Marc avait longuement discuté avec son entraineur puis eu un entretien avec le responsable du dossier au service de la lutte anti-drogue. Il expliqua que sachant qu'il retournait à Paris dans sa famille, son sponsor lui avait proposé de faire le trajet en jet confortable en cadeau d'adieu et qu'il n'avait pas pu refuser. L'avion étant assez grand, il avait suggéré à ses coéquipiers intéressés par un séjour en France, de passer un week-end à Paris et de profiter du vol.

Son désistement fut plus délicat à expliquer et il évita de parler des intuitions de Loïc.
-       Je voulais profiter de ce que les fêtes de Noël se passeraient chez ma petite amie pour lui demander sa main et fêter nos fiançailles, maintenant, je ne sais plus si je dois l'entrainer dans cette histoire. C'est pour être à Courchevel avec eux pour Noël que j'ai préféré avancer mon vol de vingt-quatre heures.
-       Donnez-nous les coordonnées de vos amis et de votre fiancée, nous vérifierons, mais fiancez-

vous, si vous n'avez rien à cacher, nous le saurons vite !
-        Et mes deux coéquipiers, je suis aussi sûr d'eux que de moi !
-        Ils ont déjà été libérés mais se tiennent à disposition de la justice. Ils sont juste déçus de ne pas aller faire la fête à Paris.
-        Je vais les appeler. Je n'imaginais pas un truc pareil lorsque je leur ai proposé d'emprunter le jet avec l'accord de mon sponsor. Je ne comprends pas, pendant des années j'ai travaillé pour cette boite et jamais il n'y a eu de problèmes. Le gars qui représentait le sponsor m'a toujours paru réglo.
-        Nous verrons, lui n'est peut-être pour rien dans cette affaire. Le vol d'un avion presque vide a pu inspirer des gens de l'équipage ou des services annexes qui avaient une cargaison à faire sortir du pays et des contacts à Paris. Nous allons creuser.

C'est un peu rasséréné qu'il appela ses anciens coéquipiers pour s'excuser.
Heureusement, les deux joueurs avaient pris cette histoire comme un accident de parcours et lui firent promettre de les inviter au mariage après l'avoir traité de cachottier parce qu'il n'avait pas prévenu l'équipe de ses fiançailles.
-        Venez à Paris quand vous voudrez, vous logerez chez moi et ma femme et mes amis seront

heureux de vous faire connaitre le coin. Paris est une belle ville mais elle est plus sympa au printemps ou en été. Quoi qu'il en soit, vous serez bien accueillis.

L'affaire n'est pas terminée mais il est soulagé et heureux d'avoir constaté que les deux membres de l'équipe impliqués ne lui tenaient pas rigueur de l'affaire.

- Marc, nous devrions appeler Loïc pour l'informer de ce qui s'est passé. Peut-être nous en dira-t-il davantage sur ses prémonitions, suggéra Pierre.
Loïc décrocha immédiatement.
- Marc, c'est vous qui appelez ? Allez-vous bien ?
- Loïc, comment avez-vous su que c'était moi ?
- Il n'y a guère que les filles ou Pierre qui appellent de temps en temps et je connais leur numéro. Je pensais que vous feriez signe. Le voyage s'est bien passé ?
- Pour moi oui, en revanche, mes coéquipiers sont restés là-bas. Comment avez-vous su que l'avion ne partirait pas et qu'il transporterait des produits illicites ?
- Je n'en savais rien mon grand. Je savais qu'il y aurait un problème si vous restiez sur ce vol. Vos

amis et vous allez faire l'objet d'une enquête qui sera bonne. Elle satisfaira les enquêteurs et personne ne sera inquiété. En revanche, il y aura du rififi dans le service d'un gars avec qui vous travailliez.
- Comment savez-vous cela Loïc ?
- Je ne sais pas, je le sais c'est tout. Il faudra venir nous voir avec France, surtout si vous lui offrez une belle bague, et puis le petit a besoin de voir sa marraine.
- Le petit ?
- Le fils de Pierre et Albane, France est sa marraine. Venez ensemble, bientôt.
- Oui, oui, je lui dirai et je vous préviendrai. Passez un bon Noël.

Il raccrocha en secouant la tête, comme pour la débarrasser d'une gêne.
- L'effet Loïc. Il devine des choses et ne sait pas expliquer comment, remarqua Pierre en ricanant.
- Il est inquiétant ce vieil homme ! Quelle conversation un peu dingue nous avons eue ! Je suis toutefois tranquillisé, il semble persuadé que les gars de l'équipe et moi ne serons pas inquiétés.
- Sans doute auras-tu quelques contacts désagréables mais pour le moment, tout va bien. Rejoignons les autres.

A nul autre pareil

- France, j'ai dit à tous que j'étais venu pour nos fiançailles. Est-ce que tu m'en veux ?
- Non, ainsi ta présence dans ma chambre sera légitime.
- Oh, tu me veux dans ta chambre ? dit-il en enserrant la jeune femme dans ses bras.
- Où voulais-tu que je t'installe ? J'ai dit à tout le monde que nous allions vivre ensemble. Des sourcils se sont levés mais personne n'a fait de remarque.
- Tu veux qu'on se fiance ? Je n'ai pas eu le temps d'acheter une bague.
- Commence par plaire à ma mère. Madame Armand est déjà conquise.
- Et toi ?
- Tu ne serais pas ici, si cela n'avait pas été le cas. Faudra-t-il que tu retournes aux Etats Unis en janvier ?
- Oui et tu viendras avec moi n'est-ce pas ?
- Heureusement qu'ils sont tous déjà prévenus, ils ne comprendraient pas que tu partes seul ! Avant, nous irons en Bretagne voir Loïc. J'adore de vieux bonhomme !
- Il dit que c'est Pierrick qui aurait besoin de te voir. Il sait bien qu'il n'est plus là, comment peut-il dire des choses pareilles ?
- Je l'ignore et je lui demanderai lorsque nous le verrons. Rejoignons les autres.

Renaud parvint à les rejoindre le soir de Noël. Il était marqué par les semaines traversées à chercher à protéger sa fille de sa mère. Il prit Albane dans ses bras et la serra fort, les yeux fermés, la joue posée sur sa tête.

- Tout est terminé ma chérie et tes affaires sont en ordre. Le château t'appartient, Marie a réalisé là, l'œuvre de sa vie. J'y suis retourné, il est magnifique et ne ressemble plus à ce qu'il était ; avec Pierre allez le visiter, réfléchissez et décidez de ce qui vous en ferez. C'est ton patrimoine, légué par tes aïeux, ne vous précipitez pas en vous en débarrassant trop vite, sans réfléchir, pour effacer le passé. Pour ma part, je dois me reposer de ces semaines éprouvantes et je suis heureux que ton époux prenne la relève. Traite-le bien, c'est un bon gars.

C'est avec le sourire qu'il retrouva les Armand et accepta une coupe du champagne qui commençait à être servi après avoir déposé au pied du sapin deux sacs de boites emballées.

La semaine se déroula entre rires et plaisanteries, le chalet respirait le bonheur et tous étaient au diapason quand arriva le soir du réveillon du jour de l'An.

A nul autre pareil

Les femmes terminaient de se préparer et les messieurs enfilaient leurs costumes foncés quand Dimitri vint frapper à leur porte.

- Personne ne répondait au téléphone aussi l'appel a-t-il abouti chez nous, je ne saurai vous dire comment. Un certain Loïc cherchait à vous joindre d'urgence.

Pierre fronça les sourcils et s'écarta pour aller appeler leur vieil ami, craignant qu'un malheur leur soit arrivé mais la liaison était très mauvaise, les phrases hachurées, avec un bruit de fond.

- Pierre, vous devez venir…j'ai fait ce que j'ai pu… j'ai réussi… il vous attend.

Puis la liaison fut interrompue et personne ne répondit plus à ses appels renouvelés. Interloqué, il raccrocha en se promettant de rappeler le lendemain.

22

Le lendemain et le jour d'après, rien ne se passa et ils se préparèrent à retourner à Paris. Quand enfin Pierre réussit à le joindre, Loïc affirma que ses prières avaient déréglé le temps et qu'une coupure du réseau électrique avait isolé la portion de côte où se situe leur maison.

- Venez vite, nous sommes trop vieux, il a besoin de ses parents.
- De qui parlez-vous ?
- De votre fils, tiens ! Venez aussi avec sa marraine, c'est urgent.

Puis appelé de manière pressante par son épouse, il raccrocha brutalement.

Pierre décontenancé, se demanda si Loïc n'avait pas perdu la tête à force de parler de Pierrick comme s'il était toujours là, mais il ne pouvait oublier combien il avait été présent pour Albane et là, le couple semblait avoir besoin d'eux. Il avertit

A nul autre pareil

Marc et France qu'ils devaient tous se rendre en Bretagne avant de faire autre chose.

Les Armand prévenus qu'ils semblait y avoir une urgence en Bretagne, les deux couples prirent la route immédiatement. Ils s'arrêtèrent à Paris pour dormir et repartirent le lendemain matin, très curieux et inquiets de savoir ce qui les attendait.

Ils arrivèrent en fin de matinée, alors que si les nuages étaient bien présents et menaçants sur la région, une trouée laissait passer le soleil qui baignait la maison de sa lumière, comme pour la réchauffer. Loïc et son épouse, très souriants presque rajeunis vinrent les accueillir.
- Préparez-vous à une belle surprise les enfants. Il n'a pas pu rester loin de vous et il est revenu, déclara-t-il en sautillant de joie ainsi qu'un enfant le ferait.
Les deux couples échangèrent un regard circonspect, le comportement de Loïc confirmait leurs doutes, il perdait la tête.
- Loïc, il faudrait nous expliquer comment vous savez à l'avance ce qui va arriver, répondit Albane.
- Je…
- Il ne peut pas vous le dire, intervint sèchement Sandrine, ce serait rompre le secret mais vous pouvez savoir que depuis qu'il est né,

Loïc a été formé par les Anciens pour être druide. Il a beaucoup travaillé et avec le temps, il est devenu très puissant.

- Druide ? Ces religieux-magiciens existent encore ?
- Oui France, mais ils ne le disent pas afin d'échapper aux persécutions. Ils communient toujours avec la mère nature et les vieux maitres transmettent leur force aux plus jeunes et les aident à accepter leur don et à le maitriser pour le bien de ceux qui les entourent. Là, depuis des années Loïc et d'autres druides veillent sur Albane et s'efforcent de venir en aide à ceux qui l'aiment, en conjuguant leurs forces et leurs savoirs.
- Pourquoi Albane ?
- Parce que Loïc avait été touché par sa détresse et la force de son amour pour Pierre et leur fils et puis, le petit avait reçu un don...
- Entrez maintenant les enfants, une surprise vous attend, dit Loïc sans rien ajouter aux explications de son épouse.

Inquiétés par la nature de la surprise, ils pénétrèrent dans la pièce de séjour, chaude et éclairée par un rayon de soleil. Ils furent invités à s'assoir et Loïc et sa femme disparurent dans une chambre pour revenir assez vite avec un paquet enroulé dans une douillette couverture blanche.

A nul autre pareil

Avançant prudemment, ils remirent le paquet dans les bras d'Albane qui écarta prudemment les langes avant d'éclater en sanglots déchirants, alertant ses amis et Pierre qui, affolé l'attira contre lui.

- Que se passe-t-il ma chérie, qui est ce petit nourrisson ?

Elle regarda le bébé à nouveau et ses larmes redoublèrent car elle reconnaissait l'enfant qu'elle avait mis au monde, lequel dormait paisiblement, insensible à la tension du moment.

- Mon Dieu, c'est… c'est Pierrick ! Loïc, comment avez-vous fait ? Pierre, je deviens folle, ce n'est pas possible ! Loïc, c'est tellement cruel !

- Albane, ton fils s'ennuyait seul là-bas. Il voulait revenir et il a réussi à casser la pierre. Je m'y attendais, c'est pourquoi nous allions au cimetière plusieurs fois par jour. Il y a trois jours, nous l'avons trouvé gigotant, tout nu, il avait froid, aussi l'avons-nous ramené à la maison. Nous l'avons nourri et réchauffé contre nous et depuis tout va bien et il n'a plus de soucis cardiaques, le maître y a veillé.

- Loïc, quelle sorte de magie est-ce là ? Comment est-ce possible ? répondit Albane.

- Comment déclarer une naissance qui n'a pas été constatée ? remarqua France à son tour, sur un ton vindicatif.

- Ne t'emballe pas ma fille. Pierrick est bien né de Pierre et d'Albane il y a deux jours, ici à la maison. Le médecin a fait la visite de naissance qui permet la déclaration et le maire a déclaré le bébé, j'ai le certificat. Pierre pourra le faire inscrire sur son livret de famille dès demain !
- Loïc, soyez sérieux, cet enfant va manquer à sa mère comment l'avez-vous obtenu ? Ne me dites pas que vous l'avez kidnappé ou que vous l'avez acheté, il y a quelque part une pauvre mère éplorée, répondit-elle.
- France, je crois que c'est vraiment mon bébé, je reconnais son odeur et son petit visage. Regarde-le et souviens-toi ! Pierre, prend ton fils, il a besoin de te sentir, de te rencontrer, tu lui avais tellement manqué.
- C'est trop dingue ! bougonne France. Vous devez nous le dire Loïc, qu'avez-vous fait ?
- Conçu sur les terres du vieux mage, Pierrick avait reçu le don. Son âme était restée dans l'ange, parce que cet enfant n'avait pas pu quitter sa mère qui ne l'oubliait pas, Albane était toujours là en lui et l'empêchait de partir.

Il a été difficile de les réunir et il a fallu du temps pour que l'esprit soit assez fort pour fracasser la pierre de l'ange.

France et Marc sortirent précipitamment tous les deux de la maison et muets, sans se concerter prirent le chemin du cimetière. Assez vite, ils y arrivèrent, entrainés par la jeune femme en colère de voir Loïc manipuler son amie alors qu'elle allait mieux. Ils ne purent que constater que l'ange avait littéralement explosé, les débris de pierre sont éparpillés loin, tout autour de la tombe comme si une incroyable force avait exercé une pression de l'intérieur vers l'extérieur. La longue pierre destinée à protéger le petit cercueil a été déplacée laissant apercevoir des débris de bois blancs ternis.

- Je rêve éveillée, non il s'agit d'un cauchemar ! Marc, comment un petit enfant peut-il revenir d'entre les morts sous la forme d'un nouveau-né plus de trois ans après avoir été enseveli dans ce caveau où sa mère l'aurait rejoint si je l'avais laissée faire ? Je sais que c'est Noël et que Loïc est très particulier mais enfin !

- Je ne peux pas t'expliquer tout ça, comme je ne sais pas comment il savait pour la drogue… mais il me fiche la trouille, votre Loïc. Sa femme a parlé de druides et de puissance. Je pensais ces croyances et ces pratiques païennes disparues depuis longtemps, mais d'après Sandrine, il commanderait aux forces de la nature et c'est… pour moi, juste invraisemblable ! Il faut faire une analyse ADN afin de nous assurer que ce bébé n'a pas été kidnappé et sans doute rechercher les

parents, ce qui ne sera pas sans conséquence sur Albane et Pierre.
- Je reconnais pourtant qu'il ressemble terriblement à mon filleul lorsqu'il est né. Je n'ai rien dit mais j'en suis stupéfaite… et j'ai du mal à y croire !
Retournons à la maison avant qu'il se passe encore autre chose et comment faire avaler cette histoire aux Armand et aux parents de Pierre ? Mon souci, c'est qu'Albane ne voudra plus se séparer du bébé, le retrouver répond à ses vœux les plus fervents ! Sacré cadeau de Noël ! Bon sang, nous n'avons pas terminé avec les embrouilles !

Revenus de leur stupeur, Pierre et Albane donnèrent un biberon au bébé, le changèrent puis le recouchèrent dans un berceau construit par Loïc en forme de bateau, « parce que Pierrick voulait être marin » comme le vieil homme l'avait été.
Pierre décida d'aller prévenir ses parents espérant trouver les mots justes. Ils demandèrent avant qu'il parle comment se portait Albane.
- Si près du terme, c'était de la folie d'aller en Bretagne.
Abasourdi, il réussit-il à balbutier :
- Elle va bien, tout va bien, le bébé est là, c'est un petit garçon.

« Mes parents savaient qu'elle attendait un enfant ? Il y a eu une distorsion du temps, ce qui expliquerait le phénomène ! »

Il revint annoncer la réaction de sa famille. A des fins de vérification, France appela sa mère qui demanda aussitôt des nouvelles d'Albane. Les Armand attendaient la naissance avec impatience.
Ils vérifièrent la date du jour d'hui. Ils ne font pas d'erreur mais tout le reste parait fou et faussé, le cours de leur histoire a été modifié sans qu'ils puissent l'expliquer.

Constatant leur désarroi, Loïc serein revint les trouver, le regard brillant d'une étrange lumière.
- Je vous vois agités et n'osant croire ce que vous avez sous les yeux.
Dites-moi, qu'est-ce que la réalité pour vous ?
Vous n'ignorez pas qu'il s'agit d'un concept variable selon les individus composé de ce que l'on perçoit et de ce que l'on comprend du réel.
Vous n'ignorez pas que le premier obstacle à la réalité c'est nous même parce que nous préférons souvent un aperçu biaisé plus confortable qui est pris pour le réel acceptable. Sans vouloir vous parler de philosophie, vous savez que la phénoménologie distingue « la chose en soi » du

phénomène tel qui se montre à la personne et la façon dont il se forme.
Donc soyons simples :
Pour Albane et Pierre et toi France, n'est-il pas mieux que vous ayez retrouvé l'enfant qui vous manquait tant ?
Vous auriez eu un gouffre dans le cœur votre vie durant, et Pierrick demandait à revenir alors qu'il était enfermé dans la pierre où il n'était pas heureux. Il est à présent en paix dans son petit corps mais il est appelé à avoir un grand destin car s'il accepte son état, il fait partie des Elus et à cause de son vécu, son esprit est déjà très fort.
Le plus simple pour vous tous, c'est d'accepter vos vies sans vous poser de questions, soyez heureux et faites le bien autour de vous pour remercier le ciel des grâces que vous avez reçues.
Accueillez vos autres enfants avec le même amour que celui que vous accordez à Pierrick, vous les comprendrez mieux et ils vous le rendront.

La flamme dans ses yeux perd de son intensité, il souffle :
- Je vais aller me reposer, ce fut une longue épreuve pour le vieil homme que je suis et je suis épuisé… Mais je suis tellement heureux d'avoir pu vous offrir ce cadeau pour Noël, vous aviez tous versé assez de larmes !

A nul autre pareil

Rentrez chez vous maintenant et occupez-vous bien de vos enfants, mais appelez toujours de temps en temps et venez nous voir. Vous bénéficierez de notre protection aussi longtemps que nous pourrons vous la donner.
France, fille de peu de foi, tu peux épouser Marc, mais dépêche-toi, vous n'avez pas su attendre et ne le savez pas mais vous avez conçu un bébé il y a deux jours. Repose-toi ma grande et ne t'agace plus autant pour pas grand-chose, tu dois veiller sur ta… sur votre bébé.
A une prochaine fois et soyez prudents sur la route.

Et ils furent promptement mis à la porte après des embrassades empreintes d'embarras.
- Enceinte ? Loïc s'est trompé, tu étais protégé, remarqua France avant de s'assoir à l'arrière du véhicule.
- On s'en fou ! répondit Marc. Nous allons préparer le dossier de manière à ne pas être surpris et tu dois veiller sur ta… quoi, sur ta fille ? Penses-tu que nous pourrions avoir une jolie petite fille qui te ressemblerait ?
- Non, c'est trop rapide tout ça ! Il était fatigué et il s'est trompé ! Avec tout ce bazar, ils n'ont pas ouvert nos paquets et n'ont même pas proposé un petit café. Bon sang qu'est devenu l'accueil ?

A nul autre pareil

- Chérie, il a dit du calme ! Respire… et le café c'est pas bon pour ce que tu as !
Ce qui fit éclater de rire Pierre et détendit l'atmosphère.

Ils firent halte au Mans pour nourrir et changer Pierrick qui commençait à s'agiter, sous l'œil attendri de Pierre qui n'avait pas encore osé s'occuper de la couche.
- Où allons-nous le coucher ? Nous n'avons rien de prêt pour un bébé à l'appartement.
- Avant d'aller acheter quelque chose, il vaudrait mieux passer chez vous, peut-être avez-vous fait des achats mais vous ne vous en souvenez pas. Déclara France.
Nous sommes tous sujets à de sacrés trous de mémoire ces temps-ci.
Mon filleul est drôlement calme, veux-tu le prendre contre toi Pierre ? Marc pourrait conduire et tu t'installerais derrière pour tenir compagnie à ta femme qui s'use les yeux sur ton fils.
Entre nous, pour une femme qui vient d'avoir un bébé, Albane a meilleure mine que la fois précédente et une ligne d'enfer pour quelqu'un qui vient d'accoucher.
A propos, il faudra le rebaptiser et je veux être sa marraine, on a déjà vécu trop de trucs ensemble !

Vous êtes-vous mariés à l'église ou pas ? C'est idiot mais je n'ai aucun souvenir de ce grand jour.

- Nous allons tout reprendre et tenter de faire ce qui a été manqué de façon a avoir de beaux souvenirs. Loïc nous a tout de même joué un sacré tour.

- J'ai cherché sur internet, ajouta Marc, les auteurs de l'article disent que les druides existent toujours dans les îles anglo-normandes, en Irlande et ailleurs. Ils sont mages, médecins, sorciers et possèdent des dons qu'ils cultivent, transmettent et enseignent. Il y a chez eux, une grande place pour la spiritualité et la proximité avec la nature. Autrefois avant d'être chassé par les religions plus modernes, ils faisaient partie des castes élevées de la société parce qu'ils étaient cultivés. Aujourd'hui ils redoutent toujours d'être pourchassés aussi sont-ils discrets sur leurs pratiques et leurs rituels. C'est fou ça ! Si tu te sens bien France allons-y, nous avons encore un peu de route.

A Paris, ils s'arrêtèrent chez Pierre et Albane et purent constater que le bébé ne disposait d'aucune affaire ni d'aucun meuble qui aurait attesté qu'il était attendu et son arrivée préparée.

- Demain, vous irez faire des courses. Pour ce soir, un tiroir de commode devrait suffire. Sandrine nous a donné le paquet de couches et la boite de lait presque pleine avec le biberon. Pour ce soir vous n'avez besoin de rien d'autre. Pierrick doit avoir un biberon vers vingt trois heures et un autre à trois heures. Il donne l'impression d'être sage jusqu'à présent. Si vous n'avez besoin de rien, nous allons rentrer.

Après le départ de leurs amis, Pierre et Albane se regardèrent un peu désemparés. L'arrivée inattendue de cet inespéré bébé, perturbe la vie qu'ils avaient commencé à installer. Leurs projets sont chamboulés et ils ignorent si Albane est attendue au bureau ou non.
- Avec un nourrisson si petit, je ne pourrai pas aller au bureau et même si tes parents semblaient attendre cette naissance, qui dit que mon dossier administratif sera dans les clous ? Ne vaudrait-il pas mieux que je m'installe en indépendante et travaille pour les entreprises Armand et celles de mon père en attendant que la situation soit plus claire avec celles de ta famille ?
- J'y pensais pendant le trajet, nous allons sonder les parents pour savoir ce qu'ils savent de nos projets. Renaud est-il prévenu de cette naissance ?
- Je n'en sais rien et pour ce soir, je sature ! Je crois être encore sous le choc et ne pas avoir réellement réalisé que notre fils est là avec nous.

23

La nuit se déroula au mieux. Pierre qui veillait sur sa femme endormie donna le biberon préparé à vingt-trois heures, il était conscient d'éprouver des sentiments mêlés à l'égard du nourrisson et en était confus. Il était attiré et émerveillé par le nouveau-né, son fils, tout en étant torturé par la jalousie et l'inquiétude parce qu'Albane sera sans doute moins disponible pour lui et puis, avec tout son étrange vécu et ses connaissances mémorisés, transmises par magie, acquises il ne savait trop comment l'inquiétaient. Quel sera, son comportement enfant et adolescent ? Ne sera-t-il pas trop difficile, mettant leur couple à l'épreuve ? Albane et lui pourront-ils faire face à ses questions à ses attentes car Loïc risque de ne plus être présent auprès de lui.

Il s'endormit tourmenté bien que décidé à faire face, Pierrick est avant tout son fils !

Il n'entendit pas le bébé chouiner à trois heures, ce qui réveilla Albane. Elle avait toujours aimé ces heures de la nuit qu'aucun bruit ne troublait. Le bébé détendu, semblait alors tout à la jeune mère et dans le silence, une profonde communication s'installait entre la mère et le nourrisson, faite d'émotions, de vibrations de tendresse.
« Mon bébé, je t'aime tant, quel bonheur de te retrouver, c'est une incroyable chance. Nous recommençons cette fois avec ton papa. Il compte beaucoup pour moi et il sera de bon conseil, tu pourras t'appuyer sur lui, fais lui confiance, il a un grand cœur et comprend plus qu'il le dit. »

Le lendemain, Patrick lui demanda si son cabinet était déjà immatriculé et il lui rappela qu'il avait été convenu qu'elle assurerait les relations publiques en lien avec le Dircom mais qu'elle serait une prestataire extérieure et travaillerait également avec Pierre. Elle secoua la tête, encore une information dont elle ignorait tout :
« Quel bazar ce lien entre deux réalités, je crois encore rêver »
-       La demande a été faite mais je vais regarder si j'ai reçu le numéro d'inscription en notre absence. Je m'en occupe et transmettrai aux services administratifs.

A nul autre pareil

Elle est soulagée de ne pas s'être trouvée en situation illégale au regard de son dossier administratif mais ne se souvient pas avoir demandé une immatriculation de son cabinet. Aussi se dépêcha-t-elle de vérifier.

Pierre qui avait été au supermarché faire quelques courses revint et proposa d'acheter de quoi équiper la chambre du bébé.
- J'ai acheté un sac kangourou pour transporter Pierrick. Je conduirai mais tu devras t'installer à l'arrière puisque nous n'avons pas encore le bon matériel pour la voiture.

Ils revinrent avec un nombre incroyable de paquets nécessaires pour le bébé et Pierre passa l'après-midi à monter les meubles et installer la chambre.

En fin de journée, Anne et Patrick accompagnés par leurs parents s'annoncèrent. Ils venaient rencontrer Pierrick et apportaient des pizzas à partager. Le diner improvisé s'organisa.

Albane surprit Anne penchée, les yeux froncés sur le berceau.
- C'est stupéfiant comme ce nourrisson me rappelle quelqu'un, pourtant je me souviens très bien de toi. Il est beau et calme. Regarde, il donne l'impression de sourire, comme si je te racontais

une blague dont il est seul à en savourer la saveur, heureusement qu'il est trop petit pour comprendre les flatteries.

Dis-moi, Albane, France est-elle vraiment amoureuse de Marc ? C'est arrivé très vite et ils sont déjà fiancés. Je me tracasse !
- Marc est un homme très droit qui sait ce qu'il veut, et France m'a dit être très amoureuse. Ils ont l'air heureux ensemble, j'y crois mais je ne suis pas devineresse et France ne dit que ce qu'elle veut partager. Ce qui est certain c'est qu'elle ne papillonne plus.
- Si tu la sentais mal, n'hésite pas à m'en parler. Vous prévoyez toujours de vous marier l'été prochain ?
- Oui bien sûr, il est plus que temps !
- Tu seras magnifique ! Je suis heureuse pour vous. As-tu des nouvelles de ton père ?
- Pas depuis la naissance, il va venir certainement.
- Tu n'ignores pas qu'il est parti juste après Courchevel pour une croisière d'une dizaine de jours. Il en avait envie et cela lui permettra de couper avec ses affaires maintenant qu'il a tout transmis à Pierre. Laissons ton petit bonhomme se reposer, rejoignons les autres.

A nul autre pareil

Le soir, allongés l'un près de l'autre, Pierre et Albane venaient de donner son biberon à Pierrick. Albane s'endormait détendue mais Pierre lui, une main posée sur le dos de sa femme, réfléchissait à leur rencontre, leur vie leur futur et les paroles d'une chanson de Claude Nougaro, le toulousain revint à sa mémoire. Il se trouva curieusement réconforté de pouvoir la murmurer presqu'en entier et les paroles prirent la forme d'une sorte de promesse adressée à Albane endormie près de lui.

A nul autre pareil

Ah, tu verras, tu verras
Tout recommencera, tu verras, tu verras....
... L'amour c'est fait pour ça, tu verras, tu verras
Et je m'endormirai, tu verras, tu verras
Le devoir accompli, couché tout contre toi
Avec dans mes greniers, mes caves et mes toits
Tous les rêves du monde
Ah, tu verras, tu verras
Tout recommencera, tu verras, tu verras
Mozart est fait pour ça, tu verras, entendras
Tu verras notre enfant étoilé de sueur
S'endormir gentiment à l'ombre de ses sœurs
Et revenir vers nous scintillant de vigueur
Tu verras mon amie dans les os de mes bras
Craquer du fin bonheur de se sentir aidé
Tu me verras, chérie, allumer des clartés
Et tu verras tous ceux qu'on croyait décédés
Reprendre souffle et vie dans la chair de ma voix
Jusqu'à la fin des mondes
Ah, tu verras, tu verras

Remerciements

J'espère que vous aurez aimé cette lecture qui est fantastique par certains aspects mais qui ne rêve pas de rencontrer un amour au goût d'éternité et d'un extraordinaire cadeau de Noël ?

Encore une fois un grand merci à ma famille pour son soutien et aux fidèles chroniqueuses qui lisent mes livres la plupart du temps avant leur parution et à mes fidèles lecteurs.

Pour retrouver l'ensemble de mes textes, une seule adresse :

https://www.argonautae.fr

A nul autre pareil

A nul autre pareil

© 2024 Lyne Debrunis,
Édition : BoD · Books on Demand GmbH,
In de Tarpen 42, 22848 Norderstedt (Allemagne)

Impression : Libri Plureos GmbH,
Friedensallee 273, 22763 Hamburg (Allemagne)
ISBN : 978-2-3225-5545-1
Dépôt légal : novembre 2024